A PASSARELA DA CABEÇA

Hildebrando Pereira

A PASSARELA DA CABEÇA

1ª edição / Porto Alegre-RS / 2024

Capa: Marco Cena
Produção editorial: Maitê Cena e Bruna Dali
Revisão: Simone Borges
Produção gráfica: André Luis Alt

Dados Internacionais de Catalogação na Publicação (CIP)

P436p   Pereira, Hildebrando
           A passarela da cabeça. / Hildebrando Pereira. - Porto Alegre:
         BesouroBox, 2024.
           144 p. ; 14 x 21 cm

         ISBN: 978-85-5527-139-7

             1.   Literatura brasileira. 2. Ficção – novela policial.
         I.Título.

Bibliotecária responsável Kátia Rosi Possobon CRB10/1782

Copyright © Hildebrando Pereira, 2024.

Todos os direitos desta edição reservados a
Edições BesouroBox Ltda.
Rua Brito Peixoto, 224 - CEP: 91030-400
Passo D'Areia - Porto Alegre - RS
Fone: (51) 3337.5620
www.besourobox.com.br

Impresso no Brasil
Agosto de 2024.

*Esta obra, embora tenha sido inspirada por um fato histórico,
é uma ficção, qualquer semelhança com nomes, pessoas, fatos
ou situações da vida real terá sido mera coincidência.*

Ao meu pai Hildebrando e à minha
mãe Maria (in memoriam).
Às minhas filhas, maior inspiração,
Gabriela e Natália.
À minha esposa Daniela, que me
"obrigou" a concluir o livro.

Agradeço a revisão literária do escritor e professor Alcy Cheuiche. Com leveza e bom humor ensinou-me que a boa técnica ajuda a destacar a inventividade da escrita.

Agradeço aos colegas Júlio Perez, Leonardo Andriolo, Renato Ribeiro e Telmo Vasconcelos que leram os primeiros capítulos e, além de sugestões, estimularam-me a continuar. Ao meu amigo de infância Nelson de Oliveira (Neco) pela leitura e pelas constantes cobranças para terminar o livro.

Agradeço a Airan Aguiar, do Arquivo Histórico e Museu de Canoas Doutor Sezefredo Azambuja Vieira; aos funcionários(as) da Biblioteca Pública Municipal João Palma da Silva, do Memorial do Judiciário do Rio Grande do Sul, do Museu da Comunicação Hipólito José da Costa e do jornal Correio do Povo. À Janina Warpechowski, por sua monografia "Canoas: formação inicial", que me ajudou a ambientar a história na cidade.

FINALMENTE, UM ROMANCE POLICIAL BRASILEIRO

Seguindo o caminho aberto por Agatha Christie e outros mestres do gênero, Hildebrando Pereira nos oferece um verdadeiro romance policial. As semelhanças de Ferdinando Chopan com Hercule Poirot são evidentes, guardando o comissário brasileiro sua personalidade intacta. Da mesma forma, o escritor gaúcho abre um enorme leque de possibilidades para o leitor *escolher* o autor ou autora do assassinato, todas verossímeis, à semelhança do clássico *Crime no Expresso do Oriente*, mas guardando sua inventividade.

Na minha opinião, o melhor da estória é que *A passarela da cabeça* se passa em Canoas, cidade-irmã de Porto Alegre, a partir de um fato real acontecido no dia 2 de fevereiro de 1976, feriado em homenagem a Nossa Senhora dos Navegantes:

No meio da passarela, em um dos ferros de sustentação, encontra-se, caprichosamente pendurada, uma cabeça humana. Um pouco inclinada para baixo, com uma vasta cabeleira preta desalinhada e a tez morena clara, espreita a todos que por ali passam. As pálpebras, recobrindo parte dos olhos negros, denotam que aceita complacente o seu destino. *O sangue coagulado na base e nas melenas denuncia que a decapitação não é recente. A cena horripilante lembra os filmes de Hitchcock.*

Em verdade, passados quase cinquenta anos, cabe ao escritor canoense entregar ao comissário Ferdinando Chopan e sua equipe, especialmente criados por ele, a tarefa de elucidar o crime. E o faz recriando com cuidado Canoas e também Porto Alegre à época em que o assassinato foi cometido, numa ambientação perfeita dos personagens e da ação vertiginosa.

Impossível tirar os olhos do texto, escrito com economia de palavras, mas capaz de revelar os mínimos detalhes, como na cena do *striptease* da personagem principal, hoje *démodé*:

Aos primeiros acordes de Love To Love You Baby, *ela imita os trejeitos sensuais de Donna Summer, o que leva à loucura a pequena plateia masculina. Os movimentos lentos dos quadris, passando as mãos pela extensão das coxas, dando tapas nas nádegas arrebitadas, deixam os homens extasiados e ansiosos. A música vai avançando, enquanto Marilyn joga sensualmente peças de sua roupa para o público, até ficar só de espartilho, calcinha e sandálias.*

Ou quando o comissário Chopan medita sobre os suspeitos do crime, contemplando o teto de sua sala de trabalho:

Seis e meia da tarde deste misterioso dia 2 de fevereiro. O comissário, sentado na velha cadeira de couro, acende um charuto que estava repousado no cinzeiro a sua frente, ao lado do caderninho vermelho de anotações dos casos. Ao dar a primeira baforada, vê no teto, próximo ao fio da luminária pendente, uma lagartixa imóvel a poucos centímetros de uma pequena aranha. "Dizem que esses aracnídeos podem ter até oito olhos", pensa. "Como será o ataque? O que esse jacarezinho está esperando?"

Passam-se alguns minutos quando, enfim, a lagartixa, com um golpe certeiro, atinge mortalmente a aranha. Nesse instante, entra de supetão no gabinete o inspetor Rossetti, com olhos que parecem saltar do rosto, e diz, quase gritando:
– Chefe, encontraram o corpo!

A pobreza da literatura brasileira em romances policiais, para mim, continua sendo um mistério. Até porque esse gênero é um sucesso em muitos países, restando a nós o consolo de ler as traduções.

Assim sendo, saúdo com entusiasmo a publicação deste livro, na certeza de que *A passarela da cabeça* e seu autor, Hildebrando Pereira, começam a desvendar esse mistério com criatividade e talento.

Alcy Cheuiche
Porto Alegre – outono de 2024

Sumário

1. Manhã de 2 de fevereiro de 1976 15

2. O comissário 18

3. Marilyn 20

4. O reencontro dos parceiros 23

5. O revolucionário e a socialite intelectual 26

6. Viva a liberdade 32

7. Marilyn e o industrial secreto 36

8. A volta ao batente 38

9. Um encontro inevitável 42

10. A loira do pinheirinho 45

11. Uma descoberta ao acaso 49

12. Um encontro especial 53

13. Primeiras investigações 59

14. A cabeça tem um corpo 62

15. Na casa do delegado 67

16. Inauguração da Academia Canoense de Letras 73

17. O decapitado 76

18. As lágrimas surpreendentes de Samantha 81

19. O depoimento da esposa e os primeiros suspeitos ... 85

20. O comissário traça uma estratégia 89

21. Depoimento do taxista Getúlio 92

22. A entrevista e o outro suspeito 95

23. Mais um suspeito do crime 102

24. Marilyn conversa com o comissário 106

25. O enigmático interrogatório de Beto Mancha 112

26. O comissário vai ao Bar Pinheirinho 117

27. Chopan à procura do culpado 123

28. A última peça do quebra-cabeça 128

Epílogo 139

1
MANHÃ DE 2 DE FEVEREIRO DE 1976

A cabeça inerte olha a cidade despertando. É uma manhã de segunda-feira, dia de Nossa Senhora dos Navegantes. O dia começa abafado e úmido, prenúncio de muito calor e pancadas de chuva no final da tarde, uma rotina neste verão.

Seis horas da manhã e os trabalhadores que não têm feriado se apressam para tomar o coletivo à capital, pois a viagem pinga-pinga dura mais de uma hora. A parada do ônibus fica na Federal, nome mais popular da BR-116, quase na esquina com a Rua Tiradentes. Algumas pessoas vindas da Avenida Santos Ferreira cruzam a recente passarela de pedestres inaugurada pelo prefeito Geraldo Ludwig. A passagem constitui-se de uma estrutura simples, de ferro e madeira, feita para evitar os frequentes atropelamentos – uma demanda antiga dos moradores da região central para acessar o Colégio Estadual Marechal Rondon e também o Tênis Clube, ambos próximos à rodovia.

Mas o dia começa misterioso. No meio da passarela, em um dos ferros de sustentação, encontra-se, caprichosamente pendurada, uma cabeça humana. Um pouco inclinada para baixo, com uma vasta cabeleira preta desalinhada e a tez morena clara, espreita a todos que por ali passam. As pálpebras, recobrindo parte dos olhos negros, denotam que aceita complacente o seu destino. O sangue coagulado na base e nas melenas denuncia que a decapitação não é recente. A cena horripilante lembra os filmes de Hitchcock.

Cortando caminho entre os curiosos que se postam à frente da cena macabra, chega ofegante o delegado Vicente Vieira e com ele vários policiais. Ao seu lado, com o inseparável *Cohiba* entre os dedos, está o comissário Ferdinando Chopan. Não é comum irem juntos ao local dos crimes, mas este fato insólito aguçou-lhes a curiosidade.

– Saiam, deixem a polícia passar! Circulando, circulando! – repete autômato o delegado.

Quando chega ao local, fica perplexo, imobilizado, e não se contém:

– Puta que o pariu, vou morrer e não vou ver tudo!

Ferdinando Chopan, acostumado com tais situações, também se surpreende ao ver a cena. Mas, com o senso investigativo apurado, já se imagina perscrutando cada peça deste quebra-cabeça e pensa que será um desafio extraordinário não só encontrar o homicida, mas sobretudo entender o porquê da decapitação. No Rio Grande do Sul, só se lembra dessas atrocidades em tempos de guerra.

Cismado, fica alguns segundos mirando a cabeça e pensando como alguém teve tamanha audácia, considerando-se que a cerca de cinquenta metros do local funciona a 3ª Companhia da Brigada Militar, logo no início da Avenida Santos Ferreira. Ou é muito valente, ou é louco. Ou pior, os dois.

Com o charuto apagando entre os lábios, conversa rapidamente com o delegado e, virando-se para o auxiliar, ordena:

– Rossetti, pede aos agentes que isolem o local; chama a perícia e o fotógrafo e vem comigo, precisamos trabalhar!

– Certo, comissário, mas e o que faço com a imprensa, que logo estará aqui?

Chopan, apesar da aversão aos holofotes, sempre prestigiou os jornalistas. O comissário fica pensativo olhando para cima, segura o queixo com o polegar e indicador direito, como que avaliando a melhor resposta, e dispara:

– Meu prezado, avise aos agentes para não deixarem a imprensa nem tão perto que apague as evidências, nem tão longe que pareça censura.

E o comissário continua a olhar para o céu remoendo seus pensamentos e tentando rememorar de onde tinham vindo essas palavras. Lembra-se. A frase foi inspirada na famosa tirada do senador Pinheiro Machado quando saía do Senado, em 1915, apupado por uma multidão contrariada com suas maquinações políticas. Foi quando respondeu ao cocheiro que não deviam sair tão devagar que parecesse afronta, nem tão depressa que demonstrasse medo.

2
O COMISSÁRIO

José Ferdinando Chopan de Oliveira nasceu nas Missões gaúchas, no município de Santo Ângelo, em 1934. Seu nome foi uma exigência de Alzira, sua mãe, professora de piano que sempre se apresentava nos saraus mensais do Clube 28 de Maio, tradicional sociedade que realizava eventos esportivos e culturais no município. O ápice da apresentação era o Noturno Opus 9 n° 2 de Chopin. Aficionada pelos pianistas Ferdinand Hiller e Frédéric Chopin, a seu modo homenageou os compositores ao escolher o nome do filho primogênito. O pai, também músico, um gaiteiro muito requisitado nos Centros de Tradições Gaúchas da cidade, não se opôs.

Ferdinando, após iniciar os estudos de Medicina na cidade de Santa Maria, desistiu no quinto período, mas se apaixonou pelas disciplinas de Neuropsiquiatria e Medicina Legal. Veio então a Porto Alegre, onde fez vestibular e iniciou seus estudos na Faculdade de Direito da Universidade Federal, isso porque desejava dedicar-se à carreira de Delegado de Polícia.

Concluiu o curso, mas os planos mudaram. Os estudos de Direito Penal e a Psiquiatria Forense decidiram o seu futuro: queria ser um detetive ou investigador de polícia. Estudar os locais dos crimes, o comportamento das vítimas e dos homicidas. Descortinar os mistérios da mente humana, descobrir os verdadeiros e recônditos motivos que levam alguém a cometer um crime, decifrar os enigmas que vão se apresentando, enfim, solucionar casos complexos era sua vocação.

Em 1955, superadas as etapas de um concorrido concurso público, alcançou a primeira colocação e, naquele ano ainda, iniciou suas atividades na 1ª Delegacia de Polícia de Canoas.

Não demorou a aparecer o seu teste de fogo: o misterioso caso do assassinato em série de prostitutas na BR-116. Em apenas vinte dias, quatro mulheres foram mortas nas mesmas regiões, horários e *modus operandi*. Mergulhou por dois meses em cada detalhe dos homicídios e os desvendou de forma magnífica e surpreendente. E o fez por meio da combinação entre os métodos dedutivo e indutivo, técnicas totalmente desconhecidas pelos colegas, inclusive nas delegacias da capital.

Daí em diante, os casos considerados de difícil solução vão parar em suas mãos. É chamado em todo o Rio Grande do Sul e, às vezes, até fora do território gaúcho para desvendar crimes aparentemente insolúveis. E Chopan é taxativo:

– Todo crime deixa rastros, basta encontrá-los.

3
MARILYN

A jovem chega ao Pinheirinho no início da noite de segunda-feira. No domingo de manhã, mesmo maldormida, tomara o ônibus Central e fora visitar a mãe em Novo Hamburgo. Há quinze dias não a via.

Marilyn nasceu Alice Dora Schön, mas só ficou sabendo bem mais tarde, pois todos a chamavam de Dorinha. Morou com a família em sua cidade natal até 1974, quando veio para Canoas ganhar a vida. Constância, sua mãe, continuava morando lá, mesmo depois da morte do marido, ocorrida cinco anos antes, em acidente de trânsito no interior paulista. Dorinha recém completara dezesseis anos. Foram anos difíceis; a mãe, que nunca trabalhara antes, teve que sustentar a casa e quatro filhos como empregada doméstica. A menina era a primogênita, e coube a ela cuidar das duas irmãs e do irmão, que tinham, respectivamente, treze, onze e seis anos.

Quando completou dezenove anos, Dorinha decidiu que precisava ajudar a mãe, mas não seria doméstica. A beleza, que sempre chamava a atenção de todos no bairro pobre em que morava, agora parecia reverberar em sua plenitude. A menininha desengonçada transformara-se numa mulher exuberante. Trazendo os traços da origem alemã do pai, destoava de todas as moças de sua idade. Longilínea, mas com volumosas e redondas ancas. A pele alva denotava um quê de candura. No colo derramavam-se longos cabelos loiros e as faces levemente rosadas realçavam os olhos meigos, verde-esmeralda, que mais pareciam as águas translúcidas do Caribe.

Certo dia, sabendo do desejo de Dorinha em trabalhar, uma amiga, também moradora do bairro, lhe disse que faturava bem fazendo *shows* de dança numa boate em Canoas e ela, loira daquele jeito, com certeza faria sucesso. Logo se interessou, porque sempre sonhara em ser bailarina, mas nunca a família teve condições de pagar aulas de *ballet* ou dança contemporânea. A dança, na verdade, ficou sabendo depois, era o prelúdio para um epílogo sensual. Mas, segundo a amiga, fazia parte do espetáculo, e *tirar um sutiã não tira pedaço de ninguém.*

Adotou o nome *artístico* em homenagem à atriz norte-americana Marilyn Monroe, pois sua mãe era fã dos seus filmes e achava a filha parecida com ela. Não era exagero algum da mãe, a menina de fato era deslumbrante desde pequena. Dorinha, depois que viu o cartaz do filme *Os homens preferem as loiras*, não teve dúvida, queria também ser atriz.

No início, ia e vinha de Novo Hamburgo três a quatro vezes por semana. Contou à mãe que trabalhava como garçonete; tinha vergonha de dizer que ia dançar em casa noturna.

As coisas foram melhorando, foi-se tornando a dançarina mais requisitada da boate e, assim, decidiu dividir uma pequena casa alugada com Samantha, uma colega de profissão, no bairro Vila Fernandes, em Canoas.

A boate Pinheirinho, na verdade um misto de bar e prostíbulo, fica ao lado da outra passarela que cruza a BR-116, entre o Moinho Guindani e a Policlínica de Canoas.

Ao chegar ao bar, assustada, Marilyn pergunta:

– Samantha, que tanto falam desse crime na passarela?

– Tu não sabes, mulher? Encontraram uma cabeça degolada na passarela da Cauduro hoje de manhã. Só se fala nisso em cada canto da cidade.

– Cruz-credo! – espanta-se a recém-chegada. – Não falta mais nada para esta cidade!

Buscando ser espirituosa, Marilyn pergunta:

– Já descobriram o dono da cabeça?

A amiga condena a ironia, balançando a sua em desaprovação:

– Não fala assim, pensa na família do pobre-diabo. Parece que o delegado esteve a manhã toda com o comissário Chopan e o Rossetti, o inspetor, sabe? – e pisca para a amiga.

– Ah, sim, aquele que vem seguido aqui e não come ninguém.

Riem as duas.

Samantha, registrada Pedro Antunes da Silva, é uma travesti muito conhecida na cidade. Apesar da função noturna, quando faz *ponto* na Federal e passa com frequência no cabaré Pinheirinho, é enfermeira zelosa da Policlínica de Canoas. Ali, faz trabalhos voluntários no bairro Mathias Velho com crianças carentes. Auxilia e orienta as famílias com meninas que engravidam e luta pela educação das crianças, mães e filhas. Briga com todo mundo, incluindo as autoridades municipais, para conseguir vagas nas escolas para as crianças pobres, mas é muito sensível e romântica. Sonha em um dia achar seu *príncipe encantado*.

4
O REENCONTRO DOS PARCEIROS

Seis meses antes dos fatos acima narrados, em um *trailer* localizado em frente à conhecida *praça dos taxistas*, na entrada do bairro Mathias Velho, Mário Roberto Alves, o *Beto Mancha*, comia com sofreguidão um *cheeseburger*: o lanche do qual mais sentiu falta no tempo em que ficou enclausurado. Era uma quarta-feira ensolarada do final do inverno. Naquele ano de 1975, o frio começara intenso no início de abril.

Nos últimos onze meses, Beto Mancha ficara internado no Instituto Psiquiátrico Forense, em Porto Alegre, por conta de um crime ocorrido em São Sebastião do Caí. Estava na cidade para um assalto numa joalheria com outros comparsas, mas deu tudo errado.

Enquanto *estudavam* os hábitos do gerente do estabelecimento, Beto iniciou um flerte com uma moça que trabalhava em um escritório de contabilidade. Chegou a conversar com ela algumas vezes, e até tomaram um sorvete. Foi uma tentativa de crime *quase* passional, pois ele e a guria não chegaram a iniciar um namoro. Em suas conversas, ela queixava-se do assédio do chefe, que isso a incomodava muito porque precisava do emprego.

Um dia, então, ao vê-la sair com um colega de trabalho ao final do expediente, Beto Mancha seguiu o rapaz, que, após deixá-la em casa, rumou para a sua residência. Ao chegar no portão da garagem, ele simulou um assalto, arrancou o homem do carro e começou a espancá-lo, chamando-o de covarde, sem-vergonha, e que aquilo era para ele aprender a respeitar as mulheres. Os vizinhos chamaram a polícia, e Beto foi preso em flagrante. O rapaz não morreu, mas ficou alguns dias hospitalizado.

No processo penal ficou demonstrado que a sua personalidade era antissocial, com algumas características de psicopatia. A pena, portanto, foi convertida em medida de segurança a ser cumprida no único estabelecimento existente no Estado, na capital.

Beto Mancha estava terminando o seu guaraná Polar quando José Gomes Belleti Reis, vulgo *Capacete*, parou bem em frente à mesa e disse, sem meias palavras:

– Mas olha só quem está aqui?! Fugiu ou te soltaram? – e desatou numa sonora gargalhada.

Mancha, sem levantar a cabeça, resmungou:

– Não te interessa...

– Brincadeira, *cara*. Vamos tomar uma *ceva*, comemorar a volta.

– Não, hoje não – respondeu Mancha secamente. – Vou para casa, ainda não falei com os velhos.

– Tá bem, tá bem, mas vamos voltar pra ativa, *hein*... – sussurrou Belleti animado.

Mário Roberto Alves, o Beto Mancha, nasceu em Canoas, em 1954, de parto prematuro, quando mãe e filho quase morreram. Esse fato, sempre lembrado pela mãe, marcou sua vida. Por imaginar que por pouco não matara a própria mãe, revoltava-se com qualquer violência contra mulheres; por isso, inclusive, não as assaltava.

Mário Roberto teve uma infância normal, exceto a frequência de idas aos médicos e algumas internações em razão da fragilidade de sua saúde. Aos treze anos começou a ajudar o pai na borracharia. Trabalhou ali até os dezesseis anos, quando iniciou pequenos furtos no bairro com outros adolescentes. Esse grupo aos poucos foi ampliando as ações criminosas e, agora, realizava assaltos até em cidades vizinhas. Quando a coisa era *braba*, vinham se esconder nas vielas do bairro.

5
O REVOLUCIONÁRIO E A SOCIALITE INTELECTUAL

Ano de 1975. Desce pela Rua Sarmento Leite uma multidão de estudantes protestando contra a ditadura militar. Na frente, grande faixa branca com letras garrafais:

ABAIXO A DITADURA!

Ao chegarem nas proximidades da Avenida João Pessoa, por onde pretendem seguir e circundar o Parque da Redenção, são surpreendidos pela cavalaria da Brigada Militar e tanques do Exército que se precipitam em direção às centenas de estudantes. Primeiro, lançam jatos d'água e gás lacrimogêneo; em seguida, brotam soldados por todos os lados que avançam com seus cassetetes sobre a passeata. À frente do grupo de estudantes em retirada, Leon grita:

– Corram, corram! Os meganhas não estão pra brincadeira!

Em alguns minutos veem-se estudantes apanhando e sangrando; os mais valentes enfrentam os soldados e resistem a entrar nos camburões da polícia. Vários que conseguem passar pelo prédio da Medicina cruzam o estacionamento e, na Faculdade de Arquitetura, alcançam a Osvaldo Aranha. Alguns retornam à *esquina maldita* com a vã esperança de que lá estariam seguros, e outros avançam pela Faculdade de Direito, depois pela Escola de Engenharia e invadem a área da Santa Casa. Leon está nesse grupo.

Estudante de Jornalismo na UFRGS, Leon Antunes de Azevedo tem vinte e três anos de idade. Veio de Santa Maria quatro anos antes e instalou-se em Canoas, na casa de uma tia que há muito ali chegara acompanhando o marido. Ele viera trabalhar na fábrica de vidros Viçosa, no bairro Mato Grande, onde decidiram morar.

Seu nome é uma homenagem ao revolucionário russo Leon Trotsky, a quem seu pai, um antigo ferroviário, nutria especial admiração, sempre dizendo: *Esse não tinha medo do Stalin.* A família, em Santa Maria, pai, tios e primos, possuía forte ligação com o sindicato da categoria e participava, uns mais, outros menos, da política da cidade.

Seguindo a tradição, Leon, ao iniciar os estudos, aproximou-se de militantes comunistas na Faculdade. Sua atuação na célula (assim eram chamados os núcleos setoriais dos partidos de esquerda) inicialmente ficou circunscrita à Universidade, protestos contra a ditadura militar e debates entre as diversas correntes de esquerda para ter hegemonia no movimento estudantil.

No último ano, todavia, dividia-se entre a militância na Faculdade, os camaradas do diretório municipal de Canoas e o recente emprego que conseguira no jornal *Folha Canoense.*

Nesse ano de 1975, a Liga Canoense da Caridade era composta só por mulheres, praticamente todas oriundas de famílias ricas e tradicionais. Anualmente, de forma consensual e festiva, escolhia-se uma delas para presidir a entidade, o que coube a uma devotada integrante, Teresa Cristina Gouveia Santinni. Por essa e outras razões, a Presidente da Liga aparecia com certa frequência em jornais e revistas sociais da cidade, às vezes até da capital. A atividade, naquele momento, era o que a fazia feliz e dava sentido à sua vida. Não tinha filhos e o marido praticamente vivia na empresa.

Teresa provinha de tradicional e próspera família canoense. Os Gouveia tinham sido os primeiros empreendedores no ramo do beneficiamento da farinha de trigo. O seu casamento com Arnaldo Coutinho Santinni, também oriundo de abastada família, do ramo metalúrgico, deu-se após rápido namoro, mas o casamento foi de muita pompa e luxo. Apesar de o marido ser gentil e afetuoso, não foram poucas as vezes em que ficava absorta se questionando o porquê daquele casamento; não era e nunca fora apaixonada por Arnaldo. Paixão e arrebatamento teve por Vitinho quando ela terminava o Magistério no Colégio Maria Auxiliadora. Namorou três anos o estudante do La Salle, apesar da resistência dos pais, e só terminou quando descobriu as diversas traições.

Quando conheceu Arnaldo, num almoço de domingo em que as famílias se reuniram, estava triste e abalada com a situação infausta por que passara. Talvez essa necessidade de provar que ainda era desejada a fez aceitar seus convites para sair em jantares e festas. E, assim, iniciaram o namoro. Em pouco mais de um ano, noivaram e se casaram. No início, tudo parecia ir bem; afinal, Teresa achava que era assim mesmo depois do matrimônio. Por vezes tinha certeza de que era a diferença de idade a causadora desse afastamento do marido. Quando casou tinha vinte e cinco anos; Arnaldo já passava dos quarenta. Mas conhecia várias amigas da sociedade que também se casaram com homens mais velhos. Talvez o problema fosse ela.

Numa tarde ensolarada de julho, com o minuano soprando moderadamente, Teresa comparece ao jornal *Folha Canoense*, que lhe pedira uma entrevista a fim de ilustrar matéria sobre a Liga. Ao chegar à redação, nos altos da Rua Coronel Vicente, em frente à Praça da Bandeira, é recebida pelo editor-chefe. Após os cumprimentos, ele informa que a repórter destacada para a matéria teve que atender uma emergência familiar, mas que a entrevista será feita por outro jornalista. Vai até um corredor e chama Leon.

Assim que entra na recepção, ele se depara com a mulher a sua frente, distraída, observando as unhas pintadas de um vermelho distinto e ajeitando os anéis. Veste um *tailleur* bege-claro com detalhes e botões em marrom, cuja saia cobre integralmente os joelhos. As sandálias de salto alto, em tom café com leite, deixam à mostra seus delicados pés com as unhas impecavelmente pintadas. Não resta dúvida, é uma mulher de singular elegância. Teresa, ao perceber que alguém se aproxima, vira-se, inclinando suavemente o busto, ergue os olhos e encontra o olhar penetrante de Leon.

Iniciada a entrevista, cujas frívolas perguntas a repórter titular já havia deixado com Leon, ele resolve acrescentar outras, com viés político.

– Vocês nunca pensaram em criar uma liga para combater a fome, a pobreza e a injustiça social? – pergunta, sempre a olhando fixamente, parecendo furar seus olhos.

Ela fica desconcertada, mas continua mirando os decididos olhos de Leon, com seus pensamentos em devaneios que nunca tivera.

– Não, nunca pensamos nisso...

Leon insiste e faz um discurso contra o regime arbitrário civil-militar e a ausência de democracia no país. Diz que deveriam se preocupar com a legião de crianças famintas, sem educação e sem futuro.

Enquanto ele fala, ela repara no vigor de sua juventude. Gesticula muito e, por vezes, segura o braço de Teresa, o que lhe provoca um misto de surpresa com a audácia do rapaz e júbilo, pois sente um gostoso calafrio a cada toque na sua pele. Mas são seus cabelos castanho-claros muito compridos o que lhe chama mais atenção. Apesar de serem comuns os cabelos longos, os dele, exageradamente desgrenhados, caindo-lhe no rosto e ombros, mais parecendo um personagem *viking* saído da literatura nórdica, dão-lhe um ar rebelde e transgressor, o que provoca em Teresa estranho e recôndito desejo, há muito reprimido.

– A Liga já existe há bastante tempo, Leon – surpreende-se chamando-o pelo nome, pois mal o conhece. – Apenas continuamos a campanha que se costuma fazer, entende?

Ele nota o desinteresse dela pelo tema; afinal, é uma *madame* da classe alta canoense. Enquanto Teresa explica sobre o número de pessoas atendidas pela Liga, com sua voz rouca e arrastada que hipnotiza os interlocutores, ele percebe os gestos delicados das mãos, a postura elegante. Teresa está sentada com as pernas cruzadas levemente inclinadas, deixando à mostra joelhos e panturrilhas bem torneadas cuja tez morena parece brilhar. Ela esbanja ondulados cabelos negros e olhos esverdeados, que iluminam seu rosto bronzeado. Aos trinta e dois anos, ainda mantém a silhueta dos tempos do colégio. As longas pernas e roliças coxas, com os quadris e glúteos salientes, são motivos de rasgados elogios das amigas, algumas com indisfarçável inveja.

Quando vão se despedir, Leon, querendo estender o encontro, arrisca:

– Conheces o Café Imperial, aqui no outro lado dos trilhos? – e, sem deixá-la responder, prossegue: – Tem o melhor cafezinho da cidade... Vamos terminar esta entrevista lá, que tal?

– Já ouvi falar do famoso café do português, adoraria conhecer. Vamos, sim.

Os dois saem do prédio e, em poucos minutos, adentram o café na esquina das ruas Victor Barreto e Tiradentes. Sentam-se junto a uma janela, de onde se pode ver o entra e sai das pessoas na galeria Golden Center. E os silvos e movimentos sincronizados do guarda Pelé em sua bancada, no meio do entroncamento, organizando o trânsito entre abanos e sorrisos aos pedestres.

Ficam por mais de uma hora no café, e já não falam mais da Liga.

6
VIVA A LIBERDADE

Passava das duas e meia da madrugada quando José Belleti, o Capacete, chegou ao Bar do Motorista. A BR-116 estava deserta, e o local só ficava aberto para atender os taxistas e os bêbados. No balcão, em pé, pediu uma cerveja e tomou um copo de um gole só. Após, com o copo na mão, caminhou até a porta. Em uma mesa, na divisa com a tenda das frutas, ali ao lado, estavam Getúlio, Zé Lúcio, Canário e Valtinho lambuzando-se com uma grande melancia gelada. Olhando em direção a eles, comentou:

– Que noite quente, hein? Viram o Mancha por aí?

– Passou aqui há umas duas horas. Disse que precisava se divertir com as putas da Gringa – respondeu Getúlio prontamente.

Zé Lúcio, o outro motorista do grupo, acrescentou:

– Eu vi ele depois da meia-noite ali na praça, atravessando os trilhos e indo em direção da Guilherme Schell.

Alguns taxistas que tinham ponto na praça de entrada do bairro Mathias Velho mantinham relações amistosas com assaltantes que perambulavam naquela região. Não raras vezes sabiam os detalhes e quem eram os autores dos crimes que ocorriam na redondeza. Entre os comerciantes da praça corria o boato de que esses motoristas eram comparsas dos criminosos. Faziam diversas corridas com eles, em geral na madrugada, e, até onde se sabia, não eram pagos. Quem mais os utilizava eram Capacete e Mancha, na maioria das vezes às pressas para Porto Alegre ou para o outro lado em direção de Sapucaia do Sul.

Capacete nem terminou a cerveja e se retirou do bar. Pendurou a conta como era de costume e atravessou a BR-116 no semáforo. Àquela hora da noite não precisava esperar o sinal vermelho. Chegando à Victor Barreto, cruzou os trilhos, contornou a praça dos taxistas pela direita e dobrou no mesmo sentido na Guilherme Schell. Em duas quadras estaria na boate da Gringa.

Logo após a sua saída, Zé Lúcio, mirando a grande fatia de melancia, resmungou:

– O que será que esse vagabundo vai aprontar agora?

– O Getúlio que deve saber, anda pra cima e pra baixo com ele – disse, irônico, Valtinho.

– Eu não sei de nada, só faço as corridas que ele me pede.

– Mas e aqueles problemas que vocês tiveram tempos atrás? Tu vivia dizendo que uma hora ia matar o Capacete – zombou Zé Lúcio.

– Águas passadas, o que passou, passou!

Certa feita, Getúlio levou um rapaz, até bem-apessoado, à casa de Capacete para cobrar um dinheiro emprestado. O devedor, seu pai e um irmão saíram com facões contra o cobrador e acertaram-lhe diversos planchaços antes de ele voltar cambaleando para o táxi. Getúlio tomou as dores do rapaz e tentou apartar. Não adiantou, foi também atingido pela família enfurecida, com diversos cortes pela cabeça e corpo. Fez boletim de ocorrência na Polícia Civil e acabou no hospital junto do outro homem. Apesar das ameaças de morte, seu amigo taxista, que tinha boa relação com Capacete, tratou de aproximá-los, o que ocorreu pouco tempo depois, sendo ele hoje um dos que mais carrega Belleti para seus *negócios*.

No cabaré da Gringa, Capacete cumprimentou Pedrão, o leão de chácara da casa, e foi entrando na boate. A entrada era constituída de duas portas, encimadas por um vitrô em meia-lua, em tons vermelho e verde-escuro, que deixava transparecer as luzes do ambiente interno. Logo após, cruzava-se por uma água corrente que, na verdade, ninguém sabia para onde ia, tampouco de onde vinha, através de uma minúscula ponte em curva, desembocando-se numa cortina de miçangas que anunciava a chegada do freguês.

Nas laterais havia sofás com encostos em tom marrom, que pareciam sob medida, e mesas redondas, pequenas e baixas. No centro, girava um globo espelhado que refletia a luz-negra estrategicamente apoiada na parte superior do artefato. Nesse espaço podia-se dançar. Havia um outro ambiente igual a esse, porém menor, para receber pessoas *importantes*. Ao fundo, estavam o bar e o caixa, onde a Gringa observava os clientes e suas meninas. Contíguo ao bar, do lado esquerdo, via-se um corredor que levava aos banheiros, logo na entrada, e mais adiante aos pequenos quartos.

Assim que entrou, Capacete avistou Mancha dançando com Juline, a sua preferida antes da prisão. Apesar de quase quarenta anos e da dura vida, ainda mantinha um rosto jovial; mas o corpo já mostrava os sinais do tempo. Seu amigo segurava um copo de cerveja e com a outra mão fazia a moça girar ao ritmo da música. Estava alegre e visivelmente alcoolizado. Ao ver o comparsa, gritou com voz arrastada:

– Vem, pega uma guria e vamos nos divertir a noite toda... Hoje é por minha conta!

– Como recusar um convite desses? Há quanto tempo não fazemos uma festa, não é?

E, dirigindo-se à proprietária do *rendez-vous*, gritou:

– Gringa! Me manda a Verinha e uma cerveja bem gelada!

– Se pagar, não tem problema! – sentenciou a cafetina.

– Tu não viste o que disse meu amigo Mancha? Tudo por conta dele hoje.

– Que grande diferença... – desdenhou a mulher. – Mas, tudo bem, já estou acostumada com vocês.

E, dirigindo-se à moça que estava sentada no outro ambiente, disse-lhe bafejando álcool:

– Verinha, vai lá, diverte esse daí, mas cobra caro, porque bebida se pendura, mas trepada não!

E deu uma extravagante gargalhada, sendo acompanhada por todos que estavam perto.

Assim ficaram os dois dançando com as moças. Juline acariciava a grande mancha escura no pescoço de Beto, enquanto ele a abraçava com o copo de cerveja na mão. Capacete e Verinha dançavam grudados, ele com as duas mãos em sua bunda e ela com as suas enfiadas na vasta cabeleira do parceiro.

Após algum tempo, Juline e Verinha foram ao banheiro, ocasião em que Capacete chamou Mancha num canto e confidenciou:

– Precisamos conversar, tive uma ideia para amanhã à noite, vamos...

– Amanhã a gente conversa... Hoje eu quero recuperar o tempo perdido, vamos nos divertir com essas gurias.

E seguiu bebendo a cerveja no gargalo da garrafa.

7
MARILYN E O INDUSTRIAL SECRETO

Samantha desce extenuada do pequeno palco no piso térreo do Pinheirinho. Chama Marilyn, que está atrás da cortina que leva à escada onde ficam os quartos, dá uma piscadela para a amiga e diz:

– Vai lá e arrebenta, ele tá aí...

Ela respira fundo e se olha no grande espelho ao lado da cortina. Verifica se está tudo em ordem nos cabelos e maquiagem, no microvestido, nas meias vermelhas com cinta-liga e nas sandálias prata de salto. Por entre as frestas do tecido que a separa do palco, o vê sentado na mesa de sempre, no fundo, perto da janela. Observa a casa cheia: há homens em pé até na entrada do bar, normal nos dias do seu *show* de *striptease*.

A apresentação é sempre a última, o que segura mais tempo os frequentadores no local, mas também não pode ser muito tarde, pois afugentaria os casados. Normalmente, acontece em torno da meia-noite.

Marilyn sobe ao palco de cabeça baixa, faz uma pose sensual e espera o início da música. Imóvel, ouve dos mais embriagados alguns assovios e os costumeiros adjetivos:

– *Gostosa, tesão, mulherão, espetáculo!*

Aos primeiros acordes de *Love To Love You Baby*, ela imita os trejeitos sensuais de Donna Summer, o que leva à loucura a pequena plateia masculina. Os movimentos lentos dos quadris, passando as mãos pela extensão das coxas, dando tapas nas nádegas arrebitadas, deixam os homens extasiados e ansiosos. A música vai avançando, enquanto Marilyn joga sensualmente peças de sua roupa para o público, até ficar só de espartilho, calcinha e sandálias.

Neste momento, alguns homens jogam notas de dinheiro para a *stripper* continuar. Ela se vira contra a parede e vai puxando um a um os fios do *corselet*, mostrando as costas e o corpo perfeito.

Quando puxa o último e a peça escorrega lentamente, aguarda a música terminar e, de forma simultânea com o fim da canção, vira-se com os braços abertos, deixando à mostra os seios redondos e firmes.

Os homens aplaudem e gritam de forma esfuziante.

Arnaldo não aplaude, apenas faz um sinal com os olhos para cima, enigma que ela desvenda num átimo.

É sempre assim às quintas-feiras.

8
A VOLTA AO BATENTE

No fim de tarde do dia seguinte à farra no cabaré da Gringa, Capacete e Beto Mancha se encontram no Bar do Motorista. Bebem guaraná frisante Polar e comem cachorro-quente prensado, num canto do botequim.

– Mancha, tenho um plano que vai dar um *tutu* legal pra gente.

– Cara, tô na condicional, fiz uma merda grande no interior do Estado, preciso voltar a trabalhar, quero largar essa vida.

Belleti não sente convicção no comentário do amigo, olha para os lados e sussurra:

– Uma coisa não impede a outra... Olha só pra mim, eu faço uns bicos de pedreiro, mas, quando não consigo nada, levanto um ou dois *servicinhos* por mês que me garantem vida boa.

E faz o gesto de rapinagem com a mão sobre a mesa.

– Tá, *meu*, diz aí a tua ideia. Eu tô sem grana mesmo, depois vou atrás de um trabalho.

A passarela da cabeça

Capacete, então, começa a explicar, gesticulando muito e quase sempre fazendo caretas para tentar dar mais credibilidade ao seu plano. O outro pouco se importa, entretido com o lanche, mas ouve atentamente, quando ele cochicha, tapando a boca com a mão:

– Tô sabendo que um magnata vai comprar um Karmann Ghia zerinho na sexta-feira de tarde lá na Cautol, em dinheiro vivo, uma nota em cima da outra.

– Como é que tu sabe isso?

– Um parceiro que trabalha lá viu o ricaço combinando com o gerente e me soprou a barbada. Claro, vamos ter que dar uns *pila* pra ele.

– Eu, tu e quem mais?

Capacete responde empolgado:

– Tenho um parceiro que sabe dirigir, o Zé Cabelo. Então, depois de pegar o dinheiro, corremos os puteiros da Farrapos e desovamos a *viatura* em Porto Alegre. Que tal, Mancha? Vamos curtir a noite da capital de caranga e cheios da grana.

Na sexta-feira, às quatro e meia da tarde, o homem entra na Cautol com uma valise e vai direto no gerente. Capacete, Mancha e Zé Cabelo conversam a alguns metros da entrada da concessionária. Observam o homem chegar e se dirigem para a entrada principal. Enquanto Zé Cabelo entra primeiro e domina o vigilante, os outros dois com revólveres em punho vão direto à mesa do gerente. E Capacete grita:

– É UM ASSALTO! TODO MUNDO NO CHÃO E QUIETO, SENÃO LEVA CHUMBO!

Beto Mancha completa, com sua calma peculiar:

– Não queremos machucar ninguém, apenas levar o dinheiro desse cidadão e o Karmann Ghia; mas se alguém se fizer de engraçadinho vai levar bala.

Após colocarem os vinte mil cruzeiros novos na maleta, reúnem os dois clientes e os funcionários que estão na loja e os prendem no banheiro, exceto o gerente, que os leva até o carro. Zé Cabelo dá partida no motor. Capacete e Mancha entram em seguida, e eles saem pelo portão, dobram à direita, pegam a Federal e seguem em direção a Porto Alegre.

– Mais fácil que tirar doce de criança – diz Belleti às gargalhadas.

– Quero tomar uma cerveja bem gelada e comer uma morena por lá – fala Beto, atirando-se no banco traseiro.

Enquanto riem da tremedeira do magnata da valise, Zé Cabelo acelera tanto o Karmann Ghia que já estão na estátua do Laçador, ingressando na Farrapos.

Após passarem aquele início de noite se divertindo, deixam o carro ali mesmo na frente da Gruta Azul, pegam a valise e tomam um táxi para Canoas. Vão direto ao Bar do Motorista e sentam-se numa mesa mais ao fundo. De um pequeno alto-falante pendurado no telhado baixo, ouve-se a voz melodiosa e forte de Clara Nunes entoando *A deusa dos orixás*:

Yansã, cadê Ogum? Foi pro mar... Yansã, cadê Ogum? Foi pro mar...

Capacete abre a cerveja, serve os três copos e fala que restam dezenove mil cruzeiros novos na valise.

– Mil temos que dar para o cara que nos ajudou. Os outros dezoito dividimos assim: eu e o Mancha ficamos com quinze mil e tu, Zé Cabelo, fica com três mil.

– Tu tá de sacanagem, Capacete – diz furioso o comparsa. Quase gritando, continua: – Vamos dividir por três essa grana, é o certo.

– Negativo, eu nunca disse que íamos dividir por três. A ideia foi minha e quem fez o assalto fui eu e o Mancha; nós merecemos mais, tu só segurou o guarda.

Zé Cabelo, com a cara avermelhada, soca a mesa e repete que não aceita a divisão. E a discussão vai ficando acirrada. De repente, os dois saem do bar, seguidos por Mancha. Os xingamentos e gritos de parte a parte redundam em uma briga de socos e pontapés. Beto intervém, segura Zé Cabelo e diz para ele ir embora, senão *os homens* chegam e os três serão presos.

Caminhando de costas pela Avenida Boqueirão, Zé Cabelo vai-se embora gritando:

– SEU FILHO DA PUTA! VOU TE PEGAR, SEU VAGABUNDO, TRAÍRA, SEM-VERGONHA!

Capacete e Mancha, discretamente, dividem o dinheiro e dão sumiço na valise. Feito isso, saem calmamente, cada um para o seu lado.

9
UM ENCONTRO INEVITÁVEL

Tarde primaveril do final de setembro. No apartamento da silenciosa Rua Felipe Noronha, em meio a sussurros e gemidos, Leon e Teresa chegam ao clímax em poucos minutos, tamanho o desejo acumulado durante os cafés e as conversas. Ainda assim, não se desgrudam. Ali, com ele, ela se solta. É outra mulher, sem aquela pompa e circunstância da Presidente da Liga. Nua na frente dele, não tem quaisquer escrúpulos e fala a seu ouvido:

– Leon, eu estava louca para fazer amor contigo desde a primeira vez que te vi lá no jornal...

E mordisca sua orelha, passando a língua devagar pelo interior. Ele, arrepiado, enfia sua mão entre as coxas dela e diz:

– Eu também, minha querida; mas, se continuares fazendo isso, vamos ficar a tarde toda aqui.

– É isso que eu quero, meu amor, vem cá – e puxa-o para cima de si.

Novamente os dois rolam na cama. Misturam-se as pernas, agarram-se e beijam-se como se fossem um só. Mais uma vez gozam simultaneamente.

Ele vira-se para o seu lado da cama, estica o braço e puxa um cigarro da carteira. Acende-o e sorve-o lentamente, soltando a fumaça em pequenos círculos que se esvaem, espalhando-se pelo teto. Depois, volta-se para Teresa, olha-a profundamente e pergunta:

– Por que fazes isso com teu marido? Por que não pedes o desquite?

Ela ri com a ingenuidade do parceiro e mostra uma outra faceta, respondendo:

– E por que motivo pediria o desquite?

– Para ficares livre, aproveitar a vida, te apaixonar, quem sabe até casar de novo...

Teresa, como uma gata, dá um pulo sobre ele, mira seus olhos e fala:

– E quem disse que eu não aproveito a vida? De tudo que falaste só não posso casar de novo, nem quero.

E abre um sorriso, mostrando toda a sua beleza e jovialidade, mas também uma desenvoltura e independência ainda não vistas por Leon.

Esta foi a primeira vez que transaram, após alguns fortuitos encontros em cafés e confeitarias da cidade. A atração mútua ia transparecendo com o roçar de mãos e braços, longos olhares e muitos silêncios. Leon, neste dia, encorajou-se e a convidou para buscar um livro em seu apartamento, que iria emprestá-lo. Ela entendeu a senha do convite.

Desde o primeiro encontro, descobriram um *hobby* em comum, a paixão pela leitura. Ele falava de Clarice Lispector, Erico Verissimo, Josué Guimarães e Jorge Amado; ela, dos estrangeiros: Borges, Pessoa, Baudelaire, Florbela, Hemingway e até Bukowski, seu preferido. E assim passavam, quando podiam, tardes e noites, ora fazendo amor, ora declamando poesias e passagens de romances.

Em uma dessas tardes, Leon fica boquiaberto com a desenvoltura e espontaneidade de Teresa lendo trechos das obscenidades e devassidão de Bukowski. Nunca imaginara a mulher que há por trás desta *senhora* da sociedade. Ajoelhada na cama, recita o autor teuto-americano e diverte-se:

— Amor, olha esta do *velho safado* em seu livro *Mulheres*: *A mão de Lydia pegou a minha e a enfiou na parte da frente dos seus* jeans, *por dentro da calcinha. A ponta de um dedo sentiu o começo da sua buceta. Estava molhadinha.*

— ...

— Mas é um sem-vergonha — completa Teresa com um sorriso malicioso, o que Leon acompanha um pouco corado.

— Gostei desse cara, escreve como a vida é de verdade. Me lembra alguns livros de Jorge Amado, como *Jubiabá, Dona Flor* e o que eu mais gosto, *Capitães da areia*.

Teresa apresenta para Leon alguns clássicos universais. E, nas suas conversas, tenta explicar que a literatura não pode ser só aquela engajada politicamente. O escritor deve livrar-se dos dogmas, que tolhem, limitam sua liberdade de escrever, de imaginar e inventar coisas, lugares, pessoas, relações humanas.

Ele concorda, mas argumenta, com aquele arroubo da juventude, que a literatura também tem um papel social de denúncia da desigualdade do sistema capitalista. Ela ri e ao mesmo tempo gosta dessa militância de Leon; é compreensiva com suas causas.

Mas já está na hora de ir. Interrompendo o discurso do amado, Teresa senta-se de frente no colo dele, passa levemente a mão esquerda no seu pescoço, fala-lhe ao ouvido que quer levar seu cheiro no corpo.

Com a mão direita pressionando a perna de Leon, ajeita-se melhor e o beija lascivamente.

10
A LOIRA DO PINHEIRINHO

Dias depois do assalto, Capacete e Mancha se encontram no Bar do Zé Maria. O botequim, localizado na Victor Barreto esquina com Itororó, é dele mesmo, José Maria Silveira, um antigo comerciante do bairro. Aqui onde agora está o bar, já funcionara uma fruteira, um minimercado, uma papelaria e até uma loja de santos da Umbanda, a religião do dono. Na frente estão duas pequenas e pesadas portas de ferro de enrolar, que se abrem para o interior do boteco. Atrás fica a residência do Zé Maria, onde se ingressa por um portão lateral. A parte da frente também pode ser acessada por uma ligação interna com a casa.

Neste sábado à noite, ambos, sem saber, fazem o mesmo trajeto, perambulam por bares da região, mas só vão se encontrar ali.

– Não viu mais o Zé Cabelo? – pergunta Beto Mancha.

– Ainda bem, senão vou dar uma surra naquele vagabundo – fala de pronto Capacete.

– O cara ficou puto da cara contigo naquele dia, saiu gritando que ia te matar.

– Aquele lá não mata ninguém. Num outro *serviço* também me incomodou com a divisão; aí dei mais um pouco, mas desta vez, não. Eu disse que ia dar algum pra ele, nunca disse que ia dividir por três... O dinheiro já era pouco pra nós dois, ele que vá se foder.

E, abaixando levemente a cabeça, Capacete sussurra:

– Cara, tenho mais um negocinho pra nós hoje, bem tranquilo.

– O que é desta vez, *Capa*? Já te disse que quero voltar a trabalhar, largar essa vida.

– Uma graninha pro fim de semana, olha só: quinta, sexta e sábado são os dias que mais dão renda lá no Pinheirinho, pensei a gente ir lá pegar umas pinguanchas e, na saída, levar o dinheiro delas.

– Das bolsas delas?!

Capacete sacode a cabeça em negativa e cochicha:

– Nada disso. Sei que tem um cofre onde guardam a arrecadação da semana. Até as putas deixam a grana lá.

Beto olha furioso para o comparsa e diz peremptório:

– Belleti, já te falei que não assalto mulheres, muito menos as putas. Não acho certo fazer isso com mulher, muita covardia. Porra, e elas tão trabalhando... Negativo, nada feito.

– Tu é um frouxo, tem medo de mulher, pensa que não sei? – e dá uma risada sarcástica, abocanhando o final do famoso pastel de carne feito pela esposa do Zé Maria.

– Para de falar bobagem, vai te foder. Eu não tenho medo de nada nem de ninguém.

– Nem de mim?

– Eu disse de ninguém! Tá surdo?

– Então um dia a gente tira isso a limpo.

Capacete diz isso, ri meio forçado e pede mais uma cerveja. Servidos os copos, retoma a conversa.

– Mas, falando sério, vamos pelo menos lá dançar um pouco com as putas, dizem que chegou uma loira *de fechar o comércio*.

– Se tu parar com esse papo de assaltar meretriz, a gente pode ir.

Por volta das onze horas da noite chegam ao Pinheirinho, momento em que é anunciado o *imperdível show* da loura sensacional do Vale dos Sinos. Uma voz de homem, parecendo um radialista, ecoa das caixas de som:

– Em instantes, *show* de *striptease* com a espetacular, a sensual, a inesquecível Marilyn Müller!

Os dois conseguem sentar-se bem na frente do minipalco.

– Os meninos vão tomar o quê? – sussurra Samantha atrás deles, aproximando a cabeça entre os dois.

Capacete é quem responde, falando alto:

– Opa! Pode ser uma cerveja bem gelada. Mas quando começa o *show*?

– Em seguida, meus amores.

Durante todo o *show*, Marilyn não tira os olhos dos dois cabeludos sentados bem na frente. Capacete olha para ela, ri, exagera nas piscadelas e faz gestos obscenos. Mancha também mira o corpo escultural da loira; porém, mais contido, sequer sorri. Terminado o *striptease*, Capacete pede para Samantha trazer Marilyn à mesa.

– O que vou ganhar com isso? – pergunta a travesti, repousando levemente a mão no ombro dele.

– Uma cerveja.

– É pouco, mereço mais... mas vou falar com ela.

Samantha está fascinada por Capacete. Em alguns minutos, as duas chegam e sentam-se.

– Viu, cumpri minha parte...

– Muito bem.

Capacete faz um sinal para o garçom:

– Duas cervejas bem geladas!

Marilyn inicia a conversa:

– Como se chamam os meninos?

– José Belleti, ao seu dispor, e o meu amigo...

– Deixa que eu me apresento – interrompe-o Mancha com a cara fechada. – Meu nome é Mário Roberto Alves.

– Eu sou a Marilyn, como devem saber, e minha amiga aqui é a Samantha. Vamos nos divertir um pouco?

Indaga isso com o olhar oblíquo e cheio de malícia, técnicas desenvolvidas naquela *vida*.

Conversam mais alguns instantes e logo Capacete sobe para o quarto com Marilyn. Beto Mancha fica observando os dois subindo as escadas indignado, imaginando o golpe que a mulher vai sofrer. Despede-se de Samantha, paga a conta e vai-se embora.

Volta a pé para a Mathias Velho, pensando em Marilyn e Capacete. Ela realmente é *de fechar o comércio*.

11
UMA DESCOBERTA AO ACASO

A reunião do Partido terminara tarde naquela quinta-feira abafada de janeiro de 1976. Leon e Péricles Castilhos, um velho militante comunista, vinham caminhando pela Rua Ipiranga, em direção à BR-116. Atravessaram a Praça do Avião até a parada do ônibus que levaria o provecto camarada até a sua residência no bairro Fátima. Leon o acompanhava, como de costume, ouvindo as antigas histórias e lutas de que o velho participara.

Nesse dia dissertava sobre a memorável Campanha da Legalidade, em 1961, quando a resistência popular evitou um *putsch* e fez Jango assumir a Presidência da República mesmo contra a vontade dos militares. O velho empolgava-se, reafirmando que o povo organizado na rua fez os golpistas se dobrarem.

Quando chegou o coletivo, despediram-se com um longo abraço. Leon iria atravessar a sinaleira da rodovia e seguir para casa, mas, com a noite quente que fazia e para espairecer a cabeça das intermináveis discussões políticas da reunião, caía bem uma cerveja gelada. Logo pensou na lanchonete Romani, famosa pelo *cheeseburger,* estrategicamente estabelecida no entroncamento das ruas Inconfidência e Getúlio Vargas, contígua à BR-116.

Enquanto esperava o sinal, notou o som da música sensual no Pinheirinho. Ficou curioso e resolveu beber ali mesmo, pois, embora fosse *a preço de ouro,* tinha seus atrativos. Depois, afinal, era só atravessar a passarela e seguir para casa.

Ingressou na boate quando um *show* de *striptease* terminava. Mas conseguiu ver o holofote revelar, por poucos instantes, o corpo nu de uma jovem loira com belas formas e o rosto carregado de maquiagem.

Pediu uma bebida e escorou-se no balcão do bar. Ali, estava próximo à entrada dos fundos da boate, que levava à escada para os quartos. Foi quando o marido de Teresa passou na sua frente e entrou naquele corredor, sendo recebido languidamente pela dançarina. Mas ele a evitou, passou por ela, e Leon pode ouvir quando, ríspido, a chamou pelo nome:

– Marilyn, precisamos conversar.

Divertido, ouviu trechos da discussão dos dois, entrecortada pelo vozerio e a música alta. E percebeu claramente quando ele disse, segurando os dois braços da mulher contra a parede:

– Não quero mais te ver com esse marginal!

E ela respondeu toda melosa:

– Quem, meu docinho?

– Um cabeludo, um vagabundo que vem aqui atrás de ti, eu tô sabendo.

A passarela da cabeça

O marido de Teresa disse isso com o rosto crispado de raiva, e Marilyn continuou no mesmo tom arrastado e meloso:

– Meu docinho, deixa de ciúme, tu sabe que eu sou tua... Deve ser mais um bêbado que vem aí incomodar a gente.

– Fiquei sabendo que ele anda vindo toda semana e pergunta por ti.

– De quem tu tá falando, meu amor?

– Um tal de Capacete.

E, ela, soltando-se dos braços de Arnaldo, acariciando os cabelos dele, com um sorriso malicioso no rosto, disse que não tinha nada com aquele cara, que o sujeito realmente a procurava, mas que não o atendia. Como ele continuava nervoso, Marilyn beijou-o longamente na boca e foram se agarrando pelas escadas.

Leon, bebericando calmamente sua cerveja, ficou pensando no que acabara de presenciar. O marido de Teresa não só ia ao puteiro como tinha uma puta predileta. Curioso, perguntou ao garçom quem era a guria do *show*.

– A melhor da zona, mas é cara, meu amigo.

O garçom soltou a língua e Leon ficou sabendo alguns detalhes saborosos.

Logo que Arnaldo a conheceu, alguns dias depois de sua chegada ao Pinheirinho, ele ficou hipnotizado com a beleza daquela menina de dezenove anos. Passado algum tempo, pediu para Zaira, a dona do estabelecimento, que Marilyn apenas fizesse o *show*, mas não tivesse clientes; ele ressarciria o prejuízo semanal. A mulher não respondeu logo, precisava pensar, pois a bela alavancara o movimento do bordel nos últimos meses. Mas, enfim, cedeu, embora

51

vez que outra aparecesse um fazendeiro que pagava qualquer valor para *ter* a atração da casa.

A verdade é que a cafetina e Marilyn fingiam que ela era exclusividade de Arnaldo, mas isso ocorria apenas nos dois dias da semana em que ele vinha à boate.

Depois daquela inesperada descoberta, Leon até pediu mais uma cerveja *a preço de ouro* e riu-se lembrando do *meu docinho*.

12
UM ENCONTRO ESPECIAL

Em uma tarde do início de novembro de 1975, em que o calor começava a dar os seus primeiros sinais, soou a estridente campainha do Pinheirinho. Zaira ultimava os preparativos para a função da noite, pois as quintas-feiras sempre eram concorridas. Assim, gritou para uma jovem deitada em um sofá no canto do salão maior, próximo ao vestíbulo:

– Abre lá, deve ser o entregador de bebidas, encomendei Martini e Sidra!

Passados alguns segundos, a moça voltou acompanhada de uma mulher negra. Era alta e magra. Usava um vestido bege, bem acinturado, com a saia plissada, e sandálias rasteiras, típicas de verão. Os cabelos amarrados com um lenço verde-claro e os óculos de grau davam-lhe um ar circunspecto. Porém, o rosto com pouca maquiagem e os olhos expressivos sem qualquer ruga denunciavam que mal passara dos trinta anos. Ao avistá-la de longe, Zaira gritou, sem interromper o que estava fazendo:

– Não temos vaga, passa no mês que vem!

Xaiene, a menina que foi atender a visitante, esperou a mulher virar-se, chegou mais perto da cafetina e sussurrou:

– Dona Zaira, ela disse que é escritora e quer falar com a dona da casa.

– Ah, me desculpe, aqui todo dia me aparecem essas gurias querendo trabalhar e eu também já não estou enxergando direito – explicou-se, tentando justificar a gafe. E continuou: – Agora vejo que a senhora não é do *ramo*, é muito distinta e veste-se com discrição.

A dona do Pinheirinho disse isso e fez meneios com a cabeça em direção a Xaiene, que voltara para o sofá. Então, a visitante falou em voz baixa e com muita polidez:

– Compreendo, senhora, é natural. Eu me chamo Nara Mattos, sou escritora e jornalista.

Feitas as apresentações, Nara discorreu sobre o motivo de sua visita. Explicou com muita calma à cafetina que precisava fazer um *laboratório* para o livro que pretendia escrever. Disse que iria contar uma história de gente pobre, marginalizada, que, além da miséria, sofria com o preconceito. E as prostitutas poderiam fornecer-lhe elementos para compor o romance, pois muitas delas eram meninas pobres que não tiveram qualquer oportunidade na vida.

Zaira ouviu com paciência, embora não entendesse por que a escritora precisava conversar com uma puta para saber o que faziam. Porém, ao final, disse:

– Tá bem, vou deixar que converse com uma das meninas, mas só poderá ser na semana que vem, segunda ou terça, e no máximo até às seis da tarde, porque depois desse horário já tem movimento.

– Tudo bem, obrigado, Dona Zaira – disse Nara com visível alegria. – E quem será a minha entrevistada?

– A Marilyn, nossa estrela que faz o *show*, a mais bonita e mais estudada da casa. As outras não sabem falar; só *dar* mesmo.

E virou-se com olhar irônico para Xaiene.

Na terça-feira seguinte, Nara está sentada em um surrado sofá de veludo, que um dia foi vermelho, aguardando por Marilyn. Vão se encontrar às duas da tarde para não atrapalhar a função da boate. Quando ela aparece separando com as mãos a cortina, ainda que esteja a certa distância, Nara percebe seu brilho. Um corpo de *mulherão*, com rosto angelical. O andar mostra determinação, e o vestido justo *tomara que caia*, deixando ombros e colo à mostra, é hipnotizante. Os seios e os quadris chamam atenção. Nara, estupefata, não ouve o cumprimento da entrevistada.

– Desculpe, estava distraída. Dona Zaira disse-me que podemos conversar até às seis horas. Tudo bem para ti?

Sem intimidar-se, Marilyn adota o mesmo tratamento informal:

– Sim, tudo certo. Ela me disse que tu vais escrever um livro sobre os pobres.

– Não é bem isso... Posso te chamar de Marilyn?

– Prefiro que seja pelo meu nome, Alice Dora Schön.

– Está bem, Alice, como tu preferires.

A seguir, Nara explica calmamente que está conversando com pessoas que vivem a realidade nua e crua, o cotidiano da gente simples e pobre.

– Vou escrever um verdadeiro romance dos marginalizados, mulheres e homens, trabalhadores, prostitutas, crianças, órfãos que vendem balas nas sinaleiras, enfim, contar suas agruras, mas, sobretudo, mostrar que, para sermos felizes, não precisamos ficar ricos.

– Ah, sim, eu entro na parte das prostitutas, não é isso? – fala Marilyn com voz magoada.

– Sim, e eu na parte das mulheres negras discriminadas.

Nara explica-lhe que, para contar uma história real, é preciso conhecê-la com profundidade e saber por que as pessoas chegam a essa condição. Além de conhecer o psicológico, o interior de cada uma, as suas idiossincrasias. Esta última palavra assusta a jovem, mas, ainda assim, fica sensibilizada e concorda em falar.

Ela começa a simpatizar com Nara. E a recíproca é verdadeira.

A conversa, que começou extremamente formal, vai se soltando, e aos poucos Marilyn fala coisas que talvez nunca tenha dito a ninguém.

– Sabe, Nara, não gosto disso que eu faço, mas eu preciso do dinheiro, minha mãe depende de mim. Eu quero mesmo é dançar, gostaria muito de fazer balé ou dança contemporânea.

Marilyn diz isso com certa angústia, mas a intimidade entre as duas vai crescendo. A tal ponto de, a certa altura da conversa, soltarem boas gargalhadas, apesar da discrição de ambas.

Porém, em um momento, Marilyn fica muito séria quando revela que tem um noivo em Novo Hamburgo, chamado Jonas, e que ele sabe do seu trabalho. Foram amigos de infância e, na adolescência, ele revelou seu amor quase platônico. O rapaz sonha em tirá-la dessa vida, e seu gesto só faz crescer mais ainda um carinho especial por ele.

Depois desta primeira entrevista, as duas ainda conversam por mais três oportunidades, a última na casa de Marilyn. É lá que ela fala, preocupada, da relação que vem tendo com um cliente que a amedronta. Nara quer saber mais sobre o fato, e ela conta sobre Capacete e as coisas por que tem passado, inclusive das violências que sofre. A escritora fica chocada com os detalhes que a mulher lhe confessa.

Marilyn vai enchendo os olhos d'água. Um choro silencioso, represado por tanta angústia contida, engolida. Nara, também emocionada, abraça-a e deixa que ela se aninhe em seu colo. Assim ficam por algum tempo. Ao se levantarem, seus rostos se tocam, os lábios molhados se unem, e se beijam sofregamente.

– Desculpe, Nara, não sei o que houve...

Marilyn diz isso envergonhada, mas com certeza sem arrependimento. Estes segundos de acolhimento e carinho trouxeram-lhe uma paz interior que há muito não desfrutava.

– Eu que te peço perdão, Alice. Estás fragilizada, indefesa, mas, enfim, aconteceu.

Nara fala tentando minimizar o fato, mas, em seu íntimo, está nas nuvens, pois apaixonou-se desde que a viu saindo por detrás das cortinas com uma luz no olhar que a cativou de imediato.

Ficam desviando seus olhares, enquanto se recompõem. Marilyn senta-se na ponta do sofá e olha para o chão, em silêncio, com as duas mãos enlaçando a cabeça. Respira fundo como quem está esgotada. Nara, então, fala, com indignação:

– Precisamos resolver isso! Não podes continuar sofrendo com essa relação que te violenta de verdade. Não vês que estás presa? De alguma forma precisamos denunciar esses fatos à polícia. Tens o direito de viver em paz.

– Nada pode ser feito, Nara, todos têm medo dele.

A escritora se levanta balançando a cabeça e dizendo em voz baixa, quase resmungando, que alguma coisa *tem* de ser feita. Após aquele beijo e as sensações sentidas, que parecem recíprocas, pensa em um futuro imediato com Marilyn, sem, por óbvio, a presença do marginal. Depois de tudo que ficou sabendo, ela alimenta aversão e asco por ele e quer fazer com que suma da vida de Alice. Pensa que a melhor coisa será esse sujeito desprezível ser preso ou mesmo morto em alguma briga ou assalto, mas logo se arrepende desses pensamentos.

Elas se despedem com um abraço protocolar, ainda sob impacto do que ocorreu minutos antes. Olham-se longamente, com promessas de se encontrarem nos próximos dias, o que acontece de fato por diversas vezes, neste verão, até o dia fatídico da cabeça na passarela.

13
PRIMEIRAS INVESTIGAÇÕES

Voltemos à manhã de 2 de fevereiro de 1976. Enquanto os peritos fazem os exames de praxe na *cabeça*, Chopan caminha pela passarela interditada, procurando qualquer detalhe que possa ajudar nas investigações; às vezes, são essas mínimas evidências que desvendam casos intrincados.

Com passos lentos, ele e Rossetti, seu auxiliar, caminham de um lado ao outro; afinal, o criminoso pode ter subido por qualquer dos dois. Não há respingos de sangue. Por ser feriado de Nossa Senhora dos Navegantes, não há movimento de pedestres. Ao descer as escadas pelo lado da Santos Ferreira, o comissário encontra uma bagana. Apesar de pisoteado, acha estranho o cigarro estar quase inteiro. Chopan abaixa-se, segura os óculos para não caírem, recolhe a guimba e a guarda no bolso do casaco. Voltando-se para a passarela, pergunta a Rossetti sobre quem primeiro viu a *cabeça*. O inspetor, que já conversou com alguns policiais que ali se encontram, responde:

– Foi um vigilante vindo do trabalho, pelas cinco horas da manhã. Ao ver a cena, seguiu até a Brigada e comunicou o fato.

– Onde está o homem?

– Ficou retido ali na 3ª Companhia da Brigada Militar.

– Traga-o aqui, vamos saber o que mais ele viu além da cabeça.

Rossetti caminha até o local, apenas cruzando a rua. Em instantes retorna com o vigilante.

Ferdinando Chopan pretende extrair da testemunha alguma informação ou fato que passou despercebido, mas que pode ser útil à investigação. Perguntado sobre o que fazia, de onde vinha e para onde ia, o pobre homem, bastante nervoso, responde:

– Eu só vi a cabeça, doutor, sou trabalhador, vigia das obras do Conjunto Comercial, meu turno termina às cinco. Estava indo para casa.

– Tranquilo, seu Juvenal, ninguém o está acusando, só quero saber se viu alguma coisa diferente ou alguém nas imediações.

– Olha, seu *delegado*, quando eu voltei com o sargento, notei um homem, na parada do ônibus, olhando pra gente, mas acho que era um curioso ou então ele viu a cabeça primeiro e ficou com medo de avisar a polícia.

– O que mais se lembra desse homem olhando para vocês?

– Não deu pra ver direito, doutor, ainda estava meio escuro. Mas, quando voltamos da passarela, ele tinha sumido.

Chopan entrega um cartão de visita ao vigilante.

– Muito bem, seu Juvenal, está dispensado, mas qualquer coisa que se lembre me procure.

O comissário fica pensativo, olhando a Praça do Avião, enquanto reaviva seu charuto com o isqueiro; uma joia prateada, com suas iniciais na lateral, que ganhou no último aniversário dos colegas da polícia. Está organizando os primeiros passos da investigação. O mais importante é descobrir o *dono* daquela cabeça... E ri sozinho, sem Rossetti entender nada. Depois, vai investigar as pessoas que se relacionavam com a vítima, eventuais rixas e brigas. Por fim, reconstituir os momentos finais do morto e dos suspeitos.

"Sim", conclui Chopan, "se não identificarmos logo quem é o decapitado, o caso se tornará muito difícil. Mas, enfim, como eu sempre digo, *todo crime deixa rastros, basta encontrá-los*".

14
A CABEÇA TEM UM CORPO

Seis e meia da tarde deste misterioso dia 2 de fevereiro. O comissário, sentado na velha cadeira de couro, acende um charuto que estava repousado no cinzeiro a sua frente, ao lado do caderninho vermelho de anotações dos casos. Ao dar a primeira baforada, vê no teto, próximo ao fio da luminária pendente, uma lagartixa imóvel a poucos centímetros de uma pequena aranha. "Dizem que esses aracnídeos podem ter até oito olhos", pensa. "Como será o ataque? O que esse jacarezinho está esperando?"

Passam-se alguns minutos quando, enfim, a lagartixa, com um golpe certeiro, atinge mortalmente a aranha. Nesse instante, entra de supetão no gabinete o inspetor Rossetti, com olhos que parecem saltar do rosto, e diz, quase gritando:

– Chefe, encontraram o corpo!

Apesar do susto com o rompante da entrada do auxiliar, o comissário fala calmamente, como quem pergunta sobre o resultado do futebol:

– Demorou... Como foi isso, meu prezado?

Tenso, o inspetor explica:

– Foram algumas crianças brincando de bola lá no dique da Mathias Velho que encontraram um corpo sem cabeça. Um morador ligou agora para a central telefônica.

– Então vamos indo, antes que revirem o morto. Avise a perícia e chame o inspetor Osmar para ir junto. Ele mora lá, não é verdade?

– Sim, mora na Mathias. Vou chamá-lo, chefe.

Em alguns minutos, os dois inspetores estão na porta da sala do comissário. E partem rapidamente.

Ao chegarem no local do crime, no lado direito do dique em direção à BR-386, a conhecida Tabaí-Canoas, muitos populares rodeiam o corpo. Ouve-se o murmúrio de mulheres: *Que maldade... Este mundo tá perdido...* Abrindo passagem, o delegado age como de hábito:

– Por favor, afastem-se, é a polícia. Circulando, circulando!

O corpo está meio escondido no matagal de arbustos, quase na área alagadiça. Com o tórax virado para cima, veste calças de brim surradas e apenas o pé esquerdo está calçado com um sapato branco sujo de barro. A camisa bege, com botões abertos até o meio do peito, apresenta várias manchas escuras de sangue coagulado. O braço direito repousa sobre o abdômen, e o outro está perpendicular ao corpo. Veem-se diversos ferimentos feitos por arma branca.

Chopan, junto com os três colegas, observa as marcas no corpo do morto. Além das facadas, há arranhões, cortes pouco profundos nos antebraços e nas pernas e hematomas de socos ou safanões. Sinais de que houve uma briga antes da decapitação.

Logo em seguida, um dos auxiliares que vieram noutro carro se aproxima dizendo que encontrou um canivete grande ali próximo. Leva o comissário até o local, distante uns quatro metros do corpo. Chopan examina o canivete com sua lupa, mas não encontra nenhum vestígio relevante, até parece não ter sido usado; todavia, vai esperar o exame da perícia, que já está no local. E orienta o técnico da polícia:

– Fotografe o caminho do dique até aqui. Não se esqueça do canivete.

Aos peritos, recomenda a análise das digitais, embora tenha certeza de que não foi a arma do crime.

O delegado, que observa de longe a movimentação de Chopan, aproxima-se e diz baixinho:

– Isto aqui tá com cara de briga de gangue, mesmo, não achas?

– Pode ser, meu prezado. Os dois virem de noite até este breu pra brigarem é estranho. Parece até um duelo.

Os policiais perambulam pelas cercanias desviando-se das touceiras e formigueiros. O comissário pede a Osmar que identifique quem primeiro viu o corpo e o traga para conversar com ele.

– Várias crianças brincando acharam o defunto, comissário. Mas vou procurar quem ligou para a delegacia e trazê-lo aqui.

Osmar retorna alguns minutos depois, com um homem de meia-idade, grisalho e curvado:

– Comissário, este aqui é o Valdir. Foi ele que ligou para a polícia.

– Então, meu prezado. Onde o senhor mora?

Meio choramingando, o homem aponta para a elevação de terras, do outro lado do dique.

– Ali. É o que sobra pra gente pobre, doutor.

A passarela da cabeça

– Eu sei, os pobres sofrem muito neste país... Tu trabalhas? Fazes o quê?

– Sou catador de lixo. Consegui um matungo com meu irmão que mora lá em Santa Rita e fiz eu mesmo uma carroça. Não é fácil, doutor, alimentá essas cria...

– É verdade, seu Valdir. Mas, me diga, como acharam o defunto?

– As criança sempre vem brincá aqui deste lado. Elas caça passarinho e joga bola. Hoje pelas quatro da tarde chegaram todos lá em casa gritando que encontraram *um homem sem cabeça*. Aí eu vim correndo porque às vez esses bandido faz umas *desova* por aqui. Quando vi o corpo, corri para o orelhão lá na Guilherme Schell pra avisá a polícia. Vi que a coisa era séria.

– Tá bem, mas me diga uma coisa, essa noite passada o senhor não notou nada diferente pelas redondezas, pessoas caminhando por estas bandas?

– Doutor, às vez a gente vê as pessoa vindo ou passando por aqui, os casal gostam muito de vi pra cá, o senhor sabe, né? – e pisca para o comissário.

– Ah, sim, entendi. Mas, e ontem, o senhor notou algo diferente?

– Tirando as pessoa que mora por aqui, acho que era mais ou menos nove da noite quando eu vi dois cara caminhando pelo dique, mas não sei pra onde eles foi. Aqui é muito escuro, doutor, não tem luz elétrica.

– Por acaso um deles poderia ser esse aqui do chão? Não reconheces pela roupa? E do outro, consegues lembrar algo?

– Como eu le disse, é muito escuro aqui de noite, não tenho como dizê se era esse que tá morto, só pelas roupa.

65

– Certo, seu Valdir, obrigado pelas informações.

E continua por ali caminhando em torno do cadáver. Abaixa-se, mexe em alguns arbustos. Vai até o dique pelo caminho feito de tanto as pessoas pisarem e fala para Rossetti:

– Pede para o Osmar vir aqui. Preciso que ele faça umas investigações no bairro.

Em seguida, estão os dois perante o comissário.

– Osmar, tu conheces bem o bairro Mathias Velho, não é verdade?

– Sim, comissário, nasci e me criei na Rua Florianópolis.

– Pois, então, quero que converses com as pessoas moradoras aqui do dique, iniciando lá na Guilherme Schell, e procures descobrir se alguém viu dois homens juntos vindo para cá ou um de cada vez. Enfim, vamos começar a vasculhar a redondeza.

– Pode deixar, chefe, amanhã mesmo...

– Não, inspetor Osmar, quero que comeces agora mesmo, hoje à noite. Pega um outro inspetor e façam campana aqui na região do homicídio. Observando qualquer novidade ou algo estranho, me comunique imediatamente.

– Claro, claro, pode deixar, chefe, daqui a pouco já vamos vir pra cá.

Terminada a breve reunião e as orientações, o comissário e o inspetor ingressam na viatura policial e retornam à delegacia.

No caminho, Rossetti ouve os resmungos de Chopan, achando estranho ninguém ter visto nada, nem sequer *o barulho duma briga de faca.*

15
NA CASA DO DELEGADO

Naquele segundo dia após encontrada a cabeça, as investigações na 1ª Delegacia de Canoas ainda eram incipientes, em compasso de espera pela perícia. Apesar de encontrado o corpo no mesmo dia, o morto ainda não fora identificado. Os legistas faziam exames no sangue encontrado na cabeça e no corpo, nas marcas deixadas pela faca nos ossos e nervos do pescoço, para afirmar tratar-se do mesmo indivíduo, o que, para o comissário, era apenas protocolar; afinal, coincidências não faziam parte do mundo investigativo como regra. Estranhava que ainda não haviam telefonado para dar notícias, pois o chefe do Instituto Geral de Perícias prometera a identificação *em vinte e quatro horas.*

Ao entardecer, o delegado, ao se despedir, convidou o comissário e o inspetor para degustarem um *scotch* em sua casa; queria conversar sobre o caso, ouvir suas impressões iniciais. Chopan examinava com uma lupa as fotografias que há pouco lhe chegaram às mãos. Observava detidamente as perfurações, tentando descobrir qual delas teria sido a primeira, qual teria sido a fatal e por que tantos golpes pelas costas. "Havia muita raiva naquelas estocadas", pensou.

Chamou o inspetor, que trabalhava em uma sala ao lado com os demais auxiliares, e lhe disse:

– Rossetti, organiza os documentos, guarda bem as fotos e vamos para a casa do delegado *degustar* aquele *scotch...* Ele é um *bon vivant*, não achas?

O inspetor ficou rindo baixinho, empilhando e numerando os papéis. Chopan telefonou para Margot, sua esposa, e avisou que iria à casa do Doutor Vicente. Em cinco minutos estavam deixando a delegacia.

Foram recebidos pelo delegado em sua residência nos altos do bairro São Luís. E ele levou-os diretamente para o terraço, onde estavam os quitutes e as bebidas. À esquerda via-se uma grande rede vermelha, daquelas que os nordestinos vendem nas praias, e à direita cadeiras de vime cobertas por grandes almofadas. Numa mesa baixa, a garrafa de *White Horse* ao centro, três copos, um balde de gelo e um prato com queijos, azeitonas e linguiça frita. Ali se acomodaram, desfrutando da agradável brisa daquele fim de noite; podiam observar ao longe o vai e vem dos poucos automóveis na estrada federal.

O delegado Vicente esparramou-se numa das cadeiras, suspirou alto e disse:

– Depois de um dia como este, só com um uísque puro para relaxar. Não é mesmo, Chopan?

O comissário, degustando o seu *on the rocks*, foi mais contundente:

– Meu prezado, eu suspeito que teremos muitos dias como este. A investigação só está começando.

Rossetti completou fazendo troça:

– Espero que o senhor tenha bastante uísque, delegado...

Riram descontraídos, e Vicente complementou:

– Fiquem tranquilos, meu estoque dá para muitas investigações...

Todos riram de novo, e Chopan ajeitou-se em sua cadeira. Na mão direita o copo de uísque e, na outra, fisgados por um palito, dois grandes pedaços de queijo. Mas, antes de levá-los a boca, fez uma observação para dar início à prosa:

– Estou intrigado com esse crime, já investiguei centenas de homicídios e, mesmo naqueles em que havia uma ira incontida, jamais se cogitou a decapitação. Pensando nisso, hoje de tarde, pedi ao Palácio da Polícia um levantamento de crimes no Estado em que porventura ocorreu essa odiosa prática.

– Eu nunca ouvi falar por estas redondezas – disse o inspetor.

Vicente concordou:

– Nos meus quinze anos como delegado, já vi uma situação em que o criminoso decepou a mão do outro que queria lhe *roubar*, mas cortar a cabeça...

O comissário puxou um *Cohiba* novo do casaco do terno, que estava pendurado na cadeira, bateu o isqueiro e ficou dando baforadas para acendê-lo. A seguir, colocou o charuto entre os dedos indicador e médio da mão esquerda, pigarreou e disse, com certa solenidade:

– Meus prezados, decapitar é uma prática antiga, mas não tínhamos o grau de civilização que temos hoje. Antes da era cristã teve o caso de Davi, que, depois de acertar uma pedrada com funda no gigante Golias, cortou-lhe a cabeça com sua própria espada.

E prosseguiu inspirado:

– Outra que me lembro foi a decapitação do rei de Esparta, Leônidas, na famosa Batalha das Termópilas, por Xerxes, o rei persa. Isso foi quinhentos anos antes da era cristã. No Brasil, me lembro de Tiradentes... Numa visita que fiz a Ouro Preto, com a Margot, fiquei impressionado com a frase escrita na base do monumento em sua homenagem: *Aqui, em poste de ignomínia, esteve exposta a sua cabeça.*

Rossetti olhou para o delegado, sabendo que ele não deixaria de participar daquela aula; afinal, o Doutor Vicente era um *expert* em história, principalmente do Rio Grande do Sul. O anfitrião acendeu um cigarro, pigarreou e atirou-se para trás no sofá, como uma senha para sua vez de falar:

– Não vamos muito longe. No fim do século passado aqui no Rio Grande tivemos uma revolução com muitas degolas.

– Te referes à de 1893?

– Isso mesmo, Chopan. Esse movimento, como bem sabes, foi uma verdadeira guerra civil. De um lado os republicanos, de alcunha *pica-paus*, liderados por Júlio de Castilhos; do outro, os federalistas *maragatos*, cujo líder maior era Gaspar Silveira Martins.

– Que foi o líder civil dos maragatos. Os militares eram o General Joca Tavares e os irmãos Gumercindo e Aparício Saraiva.

– Isso mesmo. E foi do General Gumercindo que cortaram a cabeça.

– E por que só dele? – questionou Rossetti, para participar do assunto.

Vicente serviu-se de generosa dose de uísque, acendeu mais um cigarro e respondeu:

– Porque Gumercindo Saraiva, dito o *Napoleão dos Pampas*, era um exímio estrategista militar. Suas táticas de guerrilha atraindo o inimigo para o terreno de combate eram infalíveis. E foi assim que se construiu a lenda do general invencível. Então, as forças governistas fizeram uma verdadeira caçada ao maragato e, numa tocaia lá nos campos do Carovi, acertaram um tiro de espingarda nas suas costas quando ele vistoriava o local do futuro combate.

– Morreu ali mesmo. E foi enterrado perto desse lugar.

– Sim, mas o pior veio depois.

– Enterraram o homem e tiveram que fugir, porque as tropas castilhistas, em número muito maior, estavam chegando.

– E... e daí, Doutor Vicente? – perguntou o inspetor.

– Daí, os pica-paus desenterraram o corpo do General Gumercindo, decapitaram-no, botaram a cabeça num saco e, a mando do Coronel Firmino de Paula, encarregaram um major e dois soldados de entregarem a cabeça ao governador Júlio de Castilhos, em Porto Alegre.

– Mas que barbaridade...

– Dizem que, ao saber do conteúdo da caixa, Castilhos expulsou-os do Palácio Piratini.

– Então, qual é a conclusão óbvia que tiramos dessas histórias? – perguntou Chopan, mas não esperou a resposta. – É o sentimento maior que impele os algozes. Para quem estava com tamanha raiva, não bastava matar, mas mostrar para as pessoas uma prova do ódio pelo assassinado.

Rossetti arriscou, olhando para os interlocutores à espera de aprovação:

– Só pode ser briga de gangues de delinquentes. Tem aos montes na Mathias.

– Não, meu prezado, não me parece tão simples assim. Se fosse isso, teriam mandado a cabeça de presente para a outra facção. Nas fotos do cadáver que eu examinava antes de vir para cá, conseguia imaginar o ódio impregnado em cada estocada.

Ficaram todos em silêncio por alguns momentos. Escutava-se apenas o tilintar dos gelos nos copos, quando tocou o telefone uma, duas vezes. Na terceira, ouviu-se a voz rouca de Helena, a esposa do delegado, dizendo *alô*. Alguns segundos depois, ela se aproximou e disse:

– É pra ti, Vicente, da delegacia.

Ele levantou-se com dificuldade e foi até o aparelho. Conversou alguns minutos com o interlocutor e retornou, fazendo uma expressão de desgosto:

– Acabou nossa farra! A perícia está na delegacia, identificaram o corpo.

Chopan, de pronto, ergueu-se da poltrona com os olhos faiscantes:

– Vamos pra lá, Rossetti. Enfim temos um nome!

O delegado levou-os de má vontade até a porta e disse, de forma irônica:

– Em quinze minutos chego na delegacia. Estou *ansioso* para saber de quem era aquela cabeça...

16
INAUGURAÇÃO DA ACADEMIA CANOENSE DE LETRAS

Uma brisa agradável soprava naquele início de noite, o que fazia as pessoas permanecerem um pouco mais na rua. Era geral o regozijo com a recente inauguração do novo calçadão da cidade, na Rua Tiradentes, entre a XV de Janeiro e a Victor Barreto. A *Bombonière Shirley* tinha fila para o famoso sorvete de máquina. Os bares e lanchonetes vendiam refrescos e cervejas aos borbotões. No *Terrasse D'Itália* era dia de massa à carbonara, o carro-chefe do restaurante. O cheiro da linguiça calabresa sendo frita com temperos especiais era inconfundível e inebriava os transeuntes nas imediações. As massas e os vinhos servidos diariamente, menos às segundas-feiras, combinavam com o ambiente da cantina. Na parede da escada íngreme que levava ao salão, viam-se insígnias e gravuras da região da Toscana. O serviço na cozinha começara mais cedo, pois receberiam pessoas importantes; a mesa já estava reservada conforme o pedido, perto da grande janela que se abria para a Tiradentes.

Naquela terça-feira de fevereiro, às 19 horas, diante de um seleto público de artistas, intelectuais, políticos e autoridades da cidade, ocorreu a cerimônia de fundação da Academia Canoense de Letras (ACL). Sua sede foi instalada em uma pequena sala, no segundo andar do prédio da J. H. Santos, a concorrida loja de eletrodomésticos localizada na esquina das ruas Quinze de Janeiro e Tiradentes. Um bom lugar, no coração da cidade, onde todos se encontravam e as notícias corriam de boca em boca.

Helvécio Pontes, Nara Mattos e Venâncio Silveira saíram do prédio, cruzaram a rua principal da cidade em direção à joalheria Masson e passaram em frente ao antigo cinema, já próximos do *Terrasse D'Itália*. Os três idealizadores da entidade vinham conversando entusiasmados com o sucesso da inauguração.

Estiveram presentes o Prefeito, o Presidente da Câmara de Vereadores, o Juiz de Direito, o Cônego, o Secretário Municipal da Educação, jornalistas da *Folha Canoense* e do *Timoneiro*, o Comandante da Base Aérea e dois deputados estaduais eleitos pela cidade.

Apesar de muito animados com a realização de um sonho que acalentavam há anos, o grande assunto do dia ainda era o bárbaro e inusitado crime que abalara a cidade.

– Foi uma pena que o meu amigo Vicente não pôde comparecer, está atribulado com o caso da cabeça – falou Helvécio.

– Verdade – disse Nara. – O delegado e o comissário Chopan têm uma tarefa hercúlea nos próximos dias: encontrar o assassino e a motivação para ato tão cruel e violento.

– Ou a assassina – emendou Venâncio com um sorriso enigmático.

– Até onde sei, não tem nenhum suspeito ainda, se-quer testemunhas.

Esta última observação foi feita por Helvécio Pontes, que acabara de ser eleito por aclamação o primeiro Presi-dente da ACL. Era um professor aposentado de literatura. Desde muito cedo escrevia crônicas, artigos e até se aventu-rara em contos. Participara de várias coletâneas na cidade e também em Porto Alegre, a convite do mestre do conto, Sergio Faraco. Conheceram-se em um torneio de sinuca promovido pelo Clube Navegantes, na capital, quando descobriram um outro traço em comum além do bilhar.

Venâncio Silveira escrevia poesias e Nara Mattos es-tava iniciando suas incursões literárias. Já possuía mais de uma dezena de contos publicados, mas seu grande sonho era um romance popular, com a história de pessoas reais discriminadas: pobres, trabalhadores, prostitutas, homos-sexuais, rufiões, bêbados, malandros; enfim, sonhava em contar as pequenas felicidades e grandes mazelas huma-nas...

Mazelas capazes de provocar atos absurdos como o de assassinar alguém, lhe cortar a cabeça e exibi-la como um troféu macabro no centro da cidade.

17
O DECAPITADO

O trajeto do bairro São Luís até a delegacia não demorou quinze minutos. Passava das dez da noite quando, à porta da sala do comissário, encontraram o chefe do Instituto Geral de Perícias (IGP) e dois peritos responsáveis com grandes envelopes nas mãos.

– Boa noite, senhores.

Todos responderam ao comissário de forma protocolar.

– Então temos um dono para a cabeça – brincou Chopan. – Vamos entrar, o delegado Vicente Vieira já está chegando. Enquanto isso vou pedir café para todos.

Pouco depois, Vicente adentrou a sala e cumprimentou efusivamente Wladimir Zimmer, o delegado-chefe do IGP.

O Dr. Zimmer, como sempre fazia, iniciou explicando a metodologia adotada para chegar ao resultado. Era um funcionário com mais de trinta anos de serviços prestados à Polícia, desde que iniciara como investigador. Meticuloso e metódico, era um homem alto, magro, os braços parecendo maiores que as pernas e uma incipiente calvície. Suas perícias costumavam ser precisas, raramente necessitando de complementação ou repetição de alguma análise.

– A primeira providência foi confirmar se o corpo e a cabeça pertenciam à mesma pessoa. Pode parecer óbvio, pois nenhum outro corpo ou outra cabeça foram encontrados naquele dia ou em dias anteriores, mas essa tarefa é condição *sine qua non* para o prosseguimento dos trabalhos periciais.

Ele reavivou seu cachimbo, pigarreou e prosseguiu:

– Nosso perito médico-legista examinou com cuidado as artérias e ossos da região, em especial do pescoço e coluna cervical, em geral as mais atingidas pelo decapitador.

Ao dizer isso, olhou firme para o comissário e seguiu falando como se todos entendessem os pormenores da anatomia humana:

– O determinante foi o corte transversal entre as vértebras Áxis C2 e C3. Elas encaixaram-se perfeitamente com a união das partes corporais separadas.

Mostrou o desenho de um corpo humano, apontando onde teria sido o corte. E concluiu:

– Além disso, a análise sanguínea comparativa entre as partes corporais nos permite afirmar, com noventa e nove por cento de precisão, que corpo e cabeça são da mesma pessoa.

Chopan foi o primeiro a exaltar seu trabalho:

– Muito bom, excelente. O senhor e sua equipe sempre de um rigor técnico primoroso... Continue, por favor.

– O segundo passo seria o mais difícil: a identificação. Mas, curiosamente, foi o mais fácil. Explico. Para identificar um corpo, a primeira providência que tomamos é confrontar as digitais colhidas do morto com os nossos arquivos do Registro Geral de expedição de identidades. É trabalhoso, demora, mas se algum dia a pessoa fez uma carteira de identidade no IGP, vamos identificá-la.

Tranquilo, o perito-chefe mexeu mais uma vez no seu cachimbo, ajeitando o fumo para acendê-lo de novo. O comissário, com seu cubano, largava baforadas para o alto, enquanto Rossetti, nervoso e agoniado, já estava no terceiro cigarro. O ambiente tornou-se bastante pesado, a névoa das fumaças entrelaçando-se. E quem falou foi o delegado Vicente, já um tanto exasperado:

– Dr. Zimmer, esta sua prévia e detalhada explicação dos métodos sempre me causa uma ansiedade horrível... Vamos ao nome, por favor.

– Muito bem, já chegaremos ao nome. Mas ainda preciso relatar outro procedimento que neste caso precipitou o término do trabalho pericial. Quando comparamos as digitais, primeiro buscamos no arquivo de réus, presos e condenados por crimes. E qual não foi a nossa surpresa: o homem decapitado é um ex-detento com vários processos-crimes na comarca de Porto Alegre e Novo Hamburgo, embora tenha na sua ficha o endereço em Canoas.

– Diga logo, meu amigo, estamos todos por demais curiosos...

– Pois bem, trata-se de um jovem assaltante com passagens pelas polícias daqui, da capital e do Vale dos Sinos. Seu nome é José Gomes Belleti Reis, de alcunha *Capacete*. Aqui está a sua ficha criminal. Há vários assaltos à mão armada, lesões corporais graves, pequenos furtos e uma tentativa de homicídio. Possui um endereço residencial aqui em Canoas e outro em Porto Alegre.

O delegado levantou-se, pegou a ficha criminal, olhou bem as fotos e disse:

– Estranho, ele tem passagens de pequenos furtos nesta delegacia, mas não me lembro do seu rosto.

Ao que Zimmer respondeu prontamente:

– Ele é, ou melhor, era um camaleão. Verificamos que, em cada crime que cometia, suas feições eram diferentes. Cabeludo, careca, com bigode, com barba, costeletas grandes e pequenas, talvez por isso não o reconheçam.

O comissário, cofiando seu bigode, disse:

– Esses pequenos furtos não me chamam a atenção, jamais iria me lembrar dele, mas fora daqui cometia crimes violentos... Interessante.

Fez-se um silêncio que prenunciava o fim da reunião. O delegado levantou-se e cumprimentou seu colega do IGP agradecendo a celeridade dos trabalhos. Ao que ele contestou com modéstia:

– Obrigado, fiz o que me cabia... E, agora, senhores, se não há dúvidas, peço-lhes licença, que preciso descansar, os últimos dias foram estafantes.

– Claro, meu prezado, é a hora de sua equipe relaxar, já a minha começa agora uma inusitada e complexa investigação. Boa noite e descanse, pois é merecido.

Zimmer e seus dois inspetores, todos com os semblantes cansados, visivelmente maldormidos, retiraram-se da sala.

Chopan, olhando para o envelope com os documentos deixados pelo perito-chefe, com uma indisfarçável excitação, disse:

– Temos o nome, o endereço e a ficha policial.

Virando-se de supetão para ambos, com uma expressão de entusiasmo, sentenciou:

– É muito mais do que esperava.

E logo deu suas instruções:

– Rossetti, quero que dois inspetores fiquem de campana nos endereços do morto, aqui e em Porto Alegre. Amanhã às oito horas nós vamos nos dois lugares. Primeiro no de Canoas.

Os três policiais se despediram na frente da delegacia. E Rossetti pensou, olhando Chopan caminhar absorto em direção ao seu *Fusca*: "Agora sim vão começar suas insônias".

18
AS LÁGRIMAS SURPREENDENTES DE SAMANTHA

Na sexta-feira, 6 de fevereiro, a manchete no *Diário Canoense* deixa a cidade excitada. Em letras garrafais, ocupa meia página da capa:

IDENTIFICADO O DEGOLADO: UM DELINQUENTE DE ALCUNHA CAPACETE

Nesta semana é só o que se fala em cada esquina, mercados, padarias, botequins e rodinhas de conversa. Os aposentados na XV de Janeiro com a Tiradentes fazem apostas. Uns afirmam: *O corno foi lá e decepou a cabeça, devia ter decepado outra coisa.* Outro dizia que *era magia negra.* Um outro, mais político, é peremptório: *Trata-se de um militante de esquerda que foi morto pelas forças policiais.* Dizem também que tanta raiva assim só podia ser *coisa de mulher traída.* Enquanto não se sabe da motivação do crime, os boatos correm soltos pela cidade.

Marilyn chega às cinco da tarde no Pinheirinho. Vem de Novo Hamburgo, onde foi visitar a mãe, que não está

81

bem de saúde. Desce na parada de ônibus da Praça do Avião. Em alguns passos está na boate. Encontra Samantha com um jornal na mão, os olhos vermelhos de quem havia chorado.

– O que houve, amiga, morreu alguém?

Estendendo o jornal, Samantha apenas balbucia:

– Mataram o Capacete...

E volumosas lágrimas brotam dos olhos borrados de preto da maquiagem.

– O quê?! Então era a cabeça dele na passarela? Não acredito, meu Deus...

As duas se abraçam e choram. Marilyn, porém, começa a desconfiar que o pranto de Samantha não é apenas pela sua notória sensibilidade, há algo mais nesse choro convulsivo.

– O que houve, amiga? Queres me dizer alguma coisa?

Samantha enxuga as lágrimas com seu lenço, já bastante umedecido, respira fundo e diz:

– Sim, amiga, preciso desabafar contigo para saberes por que estou assim.

– Podes me dizer, estou aqui pra te ajudar, tu sabes que te devo muito desde que cheguei no Pinheirinho.

– Sim... sim, eu sei...

– Vamos lá pra cima, podemos conversar melhor.

Sobem de mãos dadas, entram num dos quartos, e Marilyn pede que Samantha fale tudo para ela.

– Estou chorando de amor e ódio.

– Como assim?

– Não sei nem por onde começar... Amiga, vou ser sincera contigo, mas não fica braba. Eu me apaixonei pelo

Capacete desde aquele dia que trepaste com ele e eu fiquei fazendo sala com o Beto Mancha.

– Sim, eu me lembro.

– Ele veio várias vezes aqui, tu sabes. Tentei seduzi-lo, quando não estavas na boate, mas ele não deixava eu avançar. Mas, há uma semana, ele veio a tua procura já bem embriagado. Trouxe ele aqui pra cima e disse que tu logo chegarias. Peguei uma garrafa de uísque, que bebemos quase toda. Quando o Capacete dormiu, apaguei a luz e comecei a fazer carinhos nele. Apesar da bebida, ficou muito excitado e... enfim... transamos.

– ...

– Eu estava extasiada, tão feliz, que adormeci. Foi quando ele levantou e acendeu a luz. Ao me ver deitada na cama, ficou furioso, me xingou, me humilhou e começou a me bater, me deu vários socos e me chamava de veado de merda, bicha filha da puta...

Aos soluços, Samantha não consegue continuar. Marilyn a abraça e diz:

– Se eu soubesse que estavas apaixonada, não teria dado corda pra ele... Sempre notei que era muito violento. Eu, na verdade, tinha medo dele.

– O Capacete não deixava eu explicar, só me batia. Quando foi embora, prometi que nunca mais falaria com ele, fiquei com ódio. Disse a mim mesma que o esqueceria e nunca mais falaria com ele, nem que viesse me pedir desculpas.

Samantha diz essas palavras com altivez, secando as lágrimas. Para em frente ao espelho, começa a arrumar o cabelo, respira fundo e vira-se para Marilyn.

– Vamos nos arrumar, já vai começar a função. O que passou, passou e ele não está mais aqui, me livrei daquele ignorante, graças a Deus!

Marilyn fica intrigada com a última frase da amiga. Pensa em tudo que ouviu, enquanto veste sua meia-calça rendada e o *corselet*. Lembra-se de que a convidou no domingo do crime para irem juntas a Novo Hamburgo na casa da mãe; mas Samantha, que nunca recusava o convite, dessa vez declinou, mesmo com toda a insistência de Marilyn.

Não entende por que Samatha nunca lhe contou nada, sendo tão íntimas, mas hoje não é o momento.

As duas descem num silêncio cúmplice para o salão principal.

19
O DEPOIMENTO DA ESPOSA E OS PRIMEIROS SUSPEITOS

Nove horas da manhã de sexta-feira. Chopan e Rossetti batem palmas em frente ao número 1107 da Rua Major Sezefredo, no bairro Igara. Ficam aguardando na frente da humilde casa. Não há cerca ou muro. Algumas tábuas dispostas no chão formam um tortuoso caminho da rua até o degrau da entrada; devem ser úteis em dias de chuva.

A porta vai-se abrindo lentamente e surge uma mulher de olhar assustado, com uma criança no colo. É bem jovem, apesar da aparência descuidada. Os policiais se identificam, e ela os deixa entrar. Sentam-se em banquetas velhas de madeira, em torno de uma pequena mesa redonda de fórmica azul, com as bordas descoladas. A mulher inicia a conversa revelando tristeza e resignação:

– É sobre a morte do meu marido, não é?

Rossetti se adianta e responde:

– Exato. Vamos lhe fazer algumas perguntas, tudo bem? Primeiro precisamos saber como se chama.

– Lúcia Teresinha Belleti.

– Vocês estavam casados há quanto tempo?

– Estamos casados há dois anos – responde ela, como se o marido ainda estivesse vivo.

Rossetti costuma fazer essas perguntas básicas, dando tempo a Chopan para esquadrinhar os depoentes, concatenar as ideias e formular perguntas percucientes sobre os casos.

– Qual a sua idade?

– Fiz dezoito anos na semana passada. Quando casamos, eu tinha dezesseis... – fala Lúcia, baixando a cabeça para olhar a criança.

Neste momento Chopan pigarreia, empregando a senha para ele próprio iniciar o interrogatório.

– Que linda criança... Quantos meses tem?

– A Aninha fez seis meses em janeiro, é um anjinho na minha vida, não dá nenhum trabalho, parece que nem fome sente.

Agora, Chopan vai direto ao ponto:

– A propósito, como e quando a senhora soube da morte do seu marido?

– Fiquei sabendo ontem de manhã. Meu cunhado me contou tudo. Sabia que isso podia acontecer um dia, mas não desse jeito...

Lúcia diz isso com as palavras saindo arranhadas de sua boca e, chorando, mal consegue completar:

– Que maldade, não precisavam fazer aquilo com ele.

Enquanto ela soluça, Chopan desvia o olhar e fica impressionado com a simplicidade da casa. Quase sem móveis, tem até um sofá velho com um dos pés substituído por um tijolo de seis furos. A cozinha atulhada com baldes, panelas e pratos. Em um canto vê-se uma passagem, talvez para um quarto, de onde pende uma cortina de tecido surrado.

A passarela da cabeça

– Dona Lúcia, a senhora não sentiu falta do seu marido nesses dias? Afinal, presumo que a última vez que se viram foi domingo.

– Ele costumava fazer isso. Ficava dias sem aparecer em casa... Eu sei o porquê.

– Como assim sabe o porquê?

Ela baixa a cabeça e diz baixinho:

– Ou tava fugindo da polícia, ou tava enrabichado com uma vagabunda que conheceu, uma loira sem-vergonha que *trabalha* no Pinheirinho. Esses taxistas que vinham aqui sempre buscá ele às vezes traziam a mulherzinha no carro pra tirá o meu marido de casa.

– E a senhora nunca reclamou dessas traições?

Ela olha para o chão, ruboriza as bochechas e diz:

– Toda vez que eu reclamava, ele me batia, dizia que não era sua amante, que também eram negócios. Mas eu tinha muita raiva daquela prostituta.

– Tudo bem. E esses taxistas, quem eram, a senhora conhecia?

– Sempre vinham dois. Um tal de Getúlio e um que chamam de Foguinho. Às vezes vinha outro, parece que o apelido é Canário. Trabalham naquele ponto da Mathias Velho. Meu marido dizia que tinha negócios com eles.

– Que negócios?

– Ah, não sei... Vinham sempre de madrugada, cochichavam na frente de casa e, às vezes, o Belleti saía com eles; outras vezes entrava, me dava dinheiro e ia para o Bar do Motorista ali na Federal, o senhor sabe, né? Eu não entendia por que ele ainda andava com esse Getúlio, porque uns tempos atrás o meu marido chegou aqui dizendo que ia matá ele.

87

– Como assim ia matá-lo?

– Eu ainda não conhecia esse motorista, mas o Belleti chegou aqui gritando: *Vou matá o Getúlio, se ele passá na minha frente eu furo ele.* Eu perguntei quem era, mas ele só me disse que era *um vagabundo de um taxista.*

Chopan fica intrigado com o testemunho. Ainda faz algumas perguntas. Ela acrescenta que o marido ficava muito na rua e tinha dito que, naquela segunda-feira, iria começar a trabalhar para a Prefeitura, como pedreiro. O comissário agradece seus préstimos, mas adianta-lhe que será chamada para ser colhido o seu depoimento perante a 1ª Delegacia de Polícia.

Na volta, Chopan comenta que não só os taxistas citados, mas outros do mesmo ponto devem ser intimados para depor. Rossetti concorda e observa que poderão *ficar frente a frente com o matador.*

Chopan olha para ele e balança levemente a cabeça em assentimento.

20
O COMISSÁRIO TRAÇA UMA ESTRATÉGIA

Enquanto os inspetores fazem buscas para localizar os taxistas citados pela esposa de Capacete, o comissário fica examinando a ficha corrida do morto, trazida pelo Instituto de Perícias.

Depois de olhar os registros das contravenções, larga os documentos sobre a mesa e busca um charuto na caixa que fica na escrivaninha, logo atrás de sua cadeira. Corta meticulosamente a ponta, acende-o e sopra duas grandes baforadas. Serve-se do café quase frio e fala:

– Rossetti, estava observando a ficha do decapitado. Alguns assaltos à mão armada de mercados e pequenas lojas, uma tentativa de homicídio. Vários boletins de ocorrência; parece que o homem era valente e brigão. Mas o que me chamou a atenção foram diversos registros de violência e assaltos a prostitutas e mulheres nos bairros Mathias Velho e São Luís. Curioso, não é, meu prezado?

Rossetti tenta em vão imaginar os lances seguintes nesse jogo de xadrez em que se transforma a mente do comissário e provoca:

– Será que alguma delas não quis se vingar?

Ele olha por cima dos óculos e diz:

– Já havia pensado nisso, é uma possibilidade. As mulheres quando traídas são capazes de atos inimagináveis...

E conclui:

– Neste momento da investigação não podemos descartar nada.

Para manter a conversa nessa direção, Rossetti pergunta:

– O que achaste do depoimento da esposa? A mim pareceu subserviente ao marido, talvez por ter engravidado muito nova. A família a rechaçava, então tinha que aceitar todas as violências e traições, mas será que seria capaz...

Chopan interrompe o auxiliar:

– É uma linha de raciocínio natural nesses casos, mas não a vejo como participante do crime. Veja bem...

Quando vai iniciar a explicação, o inspetor Osmar entra na sala.

– Chefe, encontramos os taxistas. Todos trabalham mesmo naquele ponto no início da Mathias Velho.

– Mas não falaram com eles, como combinamos, não é?

Osmar assente, explicando que conversaram com pessoas do comércio próximo obtendo a confirmação de que eles trabalham em horários diversos.

Então, falando devagar, largando baforadas do charuto em direção ao teto, Chopan lhe diz:

– Vamos trazê-los aqui na delegacia, um de cada vez, mas ao mesmo tempo.

– Como assim? – fala Rossetti, não entendendo a estratégia.

O comissário tira seu relógio da algibeira, observa que são quatro horas e quarenta minutos da tarde, devolve-o ao bolso e determina:

– Vamos trazer primeiro o Getúlio. Enquanto eu falo com ele, vocês buscam o Foguinho. Quando terminar a primeira inquirição, vocês distraem o Getúlio e fazem entrar o próximo... E assim por diante, entenderam? Não quero que se comuniquem antes da minha inquirição.

– Mas quando, comissário?

– Se todos estiverem à disposição, vamos começar agora.

Chopan fala isso decidido, olhando para Osmar, que baixa a cabeça e diz:

– Dois estão trabalhando neste momento, o Foguinho e o Canário. Obtive informação de que o Getúlio e o Zé Lúcio começam a trabalhar pelas oito ou nove horas da noite.

O investigador fica fumando em silêncio. Rossetti percebe que ele pondera o melhor momento para iniciar as inquirições e resolve arriscar:

– Comissário, que tal iniciarmos os depoimentos com os taxistas que estão trabalhando agora e os deixamos aqui na delegacia para *averiguações* até trazermos os outros...

– Está certo, mas vamos trazê-los sem balbúrdia, que ninguém perceba que estão vindo à delegacia. À noite, quando chegarem os outros dois, liberamos estes. Não podemos arriscar que os outros se comuniquem antes dos depoimentos.

Incontinenti, Rossetti ordena que Osmar pegue mais três inspetores e traga os dois taxistas que estão trabalhando. Salienta que devem agir de forma discreta, de modo que as pessoas da região não desconfiem.

– Depois, voltem ao ponto aguardando a chegada dos outros dois, que devem ser trazidos de imediato para cá.

21
DEPOIMENTO DO TAXISTA GETÚLIO

Foguinho e Canário não trouxeram novos elementos diretos ao crime investigado. No entanto, confirmaram a violenta briga entre Capacete e Getúlio, em que este foi parar no hospital por conta de ferimentos à faca. À época souberam que ambos se juraram de morte, mas, há uns dois meses, Getúlio, com receio de que as ameaças se concretizassem, procurou Seu Alfredo, proprietário do Bar do Motorista, que conhecia bem Capacete e seus pais. E pediu que interviesse na aproximação dos dois. Então, eles beberam juntos numa noite e a partir dali tudo mudou, inclusive o taxista passou a ser quase um chofer particular de Capacete.

Enquanto aguardam a chegada de Getúlio, Rossetti indaga:

– Será que foi ele?

Chopan, circunspecto, segue folheando os depoimentos.

– Pode ser, meu prezado, pode ser...

Em seguida, o inspetor Osmar bate à porta e entra.

– Com licença, comissário, os outros dois estão aqui.

– Obrigado, passe primeiro o taxista Getúlio.

O homem entra com os olhos assustados e o rosto pálido. Tem estatura mediana, e é forte, espadaúdo. Sua pele clara está avermelhada do sol, e os parcos cabelos castanhos prenunciam uma iminente calvície. Usa um bigode ao estilo mexicano, o que o deixa com um visual exótico. Veste-se com simplicidade: camisa azul aberta ao peito, calça de tergal escura um tanto puída, e usa velhas sandálias franciscanas.

– Boa noite, senhor Getúlio, sente-se – fala o comissário com voz calma.

Como de praxe, Rossetti começa a fazer perguntas pessoais ao depoente, enquanto o chefe reacende o charuto. Quando este pigarreia, ele se cala.

– Como o senhor conheceu a vítima? – pergunta Chopan.

O taxista se remexe na cadeira e fala:

– Doutor, vou ser sincero...

– Não espero outra atitude sua do que a verdade dos fatos.

O depoente, então, começa a contar sobre a briga que tivera com o morto há alguns meses. São frases soltas, mas com detalhes do desentendimento. Diz que todos ali no bairro conheciam Capacete, um rapaz violento, sempre envolvido com brigas, desde a adolescência. Certa feita, após utilizar os serviços de táxi, mais uma vez não pagou. Getúlio, então, resolveu cobrá-lo. Foi o suficiente para detonar todo tipo de impropérios por parte de Capacete. Saíram do carro discutindo e o depoente afirmou ter lhe desferido um soco, e que ele de imediato puxou uma faca e o acertou diversas vezes. Não fossem alguns passantes o segurarem, Capacete o teria matado.

O comissário ouve-o atento, enquanto larga metódicas baforadas para o alto da sala.

– Mas por que se tornaram *amigos* depois desse incidente?

– Na verdade, ficamos um bom tempo sem nos falar. Ele dizia pra todo mundo que ia me matar, doutor. Aí, resolvi apaziguar os ânimos, afinal tenho família pra sustentar. Procurei o Seu Alfredo, que é amigo do pai dele, e fizemos as pazes.

– Mas ficou tudo bem depois desse armistício?

– Sim, fiz várias corridas pra ele e sempre me pagou.

Chopan, desde o início, achara muito estranho esse súbito apaziguamento entre os dois, mas era fundamental ouvir Getúlio atentamente, seu gestual e a entonação da voz a cada explicação.

– O senhor trabalha à noite, certo? Na noite de domingo não trabalhou por quê?

– Ô doutor, tenho direito a uma folga, não é?

– Sim, mas sabemos que também não ficou em casa naquela noite. Pode nos dizer onde estava?

Getúlio se arruma na cadeira, olha para os lados como quem vai contar um segredo e fala com a voz mais baixa:

– Isso não pode sair daqui. É o seguinte: tenho uma amante, doutor. Naquela noite, disse à minha esposa que ia trabalhar, mas fui ver a Gessy. Fiquei com ela até de manhã.

Chopan, que já imaginava a resposta, pede informações sobre a moça e onde reside. O homem, meio embaraçado, diz um nome de rua, mas afirma desconhecer o número. Apenas descreve como é a casa. Curiosamente, fica nas proximidades de onde foi encontrado o corpo do decapitado.

22
A ENTREVISTA E O OUTRO SUSPEITO

Aquela segunda-feira ensolarada marca a verdadeira estreia de Leon como jornalista da *Folha Canoense*. O jovem fora destacado pelo editor-chefe para entrevistar o comissário Ferdinando Chopan sobre o intrigante e misterioso caso da *cabeça da passarela*. O crime completa uma semana. Ele foi comunicado na sexta-feira sobre a matéria.

Leon passou o final de semana ansioso com a chance de, enfim, trabalhar em algo relevante no jornal. Até então apenas substituía colegas ou executava tarefas de menor importância, como o horóscopo, clima ou seção de leitores. Porém, a seriedade com que encarava tudo o que fazia chamou a atenção de JB, o velho jornalista que há anos conduz o periódico.

João Batista Aragonez, filho de um espanhol anarquista e de uma argentina missioneira, nasceu em Paso de los Libres, mas criou-se em Uruguaiana. Seus pais ora moravam de um lado, ora de outro, o que se denomina de *doble-chapa*. Aos dezenove anos, trabalhando em um pequeno jornal da cidade, resolveu ir para a capital após convite de um conterrâneo. Chegando a Porto Alegre, em

1935, acompanhou a efervescência política por conta da intentona comunista e dos movimentos antifascistas da Aliança Nacional Libertadora. Após alguns anos trabalhando em jornais da capital, resolveu fundar o seu próprio no município vizinho, uma vez que se enamorou de uma moça canoense, vindo a casar-se com ela e constituir numerosa família. Foram oito filhos; netos, já não sabe quantos.

Leon passou aquele fim de semana anotando as perguntas que fará ao comissário. Chegou cedo à redação do jornal naquela segunda-feira. Fez uma rápida reunião com JB, discutiram a linha das indagações e logo em seguida saiu, pois a entrevista estava agendada para as nove horas da manhã. Ainda ouviu, antes de descer as escadas, JB gritar *Buena suerte, muchacho!*

Atravessa a Rua Coronel Vicente em direção à Praça da Bandeira e segue até o triângulo dos taxistas na Avenida Guilherme Schell, contígua à linha férrea. Ali, toma à esquerda e em quatro quarteirões chega à delegacia, uma caminhada de não mais que dez minutos. A repartição policial situa-se na esquina com a Rua Mathias Velho. Leon segue pela calçada defronte à escola das freiras, de onde se avista, no outro lado dos trilhos, na Avenida Victor Barreto, o imponente prédio do Colégio La Salle, com suas inúmeras janelas estreitas e compridas.

Ao pegar os cigarros do bolso, ouve o longo apito do trem que se aproxima vindo de Porto Alegre. As rodas uivam com o resfolegar da máquina sobre os trilhos, e a redução da velocidade ao passar pela área central aumenta o barulho. Em alguns segundos, vê o comboio da RFFSA passar lentamente, o som sincopado lembrando-lhe as tardes de sábado e os suspiros voluptuosos de Teresa Cristina.

A passarela da cabeça

Ri da analogia, acende um cigarro, traga a fumaça, solta-a pelas narinas e segue resoluto.

Às oito e cinquenta anuncia-se na recepção da delegacia. Uma inspetora que por ali passa avisa que o comissário já espera o jornalista. Ela o acompanha até à sala no segundo andar. No corredor, após avisado pela recepcionista, o inspetor Rossetti aguarda-o no alto da escada. Depois de preveni-lo de que, por se tratar de investigação em andamento, algumas perguntas poderão não ser respondidas, dirigem-se ao fundo do corredor, onde fica o gabinete do comissário.

Chopan está atirado para trás na sua velha poltrona. Aspira, com os olhos cerrados e expressão de júbilo, os odores do seu mais novo charuto presenteado pelo delegado Vicente Vieira. É um *Monte Cristo*; segundo ele, o preferido do *Che*.

Interrompendo o ritual, o inspetor anuncia o visitante. O comissário, que parecia em transe, levanta-se e vai à porta receber o moço.

– Bom dia. É alvissareiro ver jovens na imprensa. Mas, não só no jornalismo, em todas as áreas a juventude *sacode a poeira*, não é verdade, meu prezado? Muito prazer, Ferdinando Chopan.

– Leon Antunes, o prazer é meu – diz o rapaz com certa timidez, diante da figura imponente do comissário.

Para descontrair o jornalista, Chopan faz um comentário enigmático:

– Parece que nossos pais tiveram a mesma ideia.

Leon fica com ar de espanto, não entendendo a frase do comissário.

97

– Ora, meu prezado, meu nome foi inspirado num compositor; o do senhor num revolucionário...

Aliviado, o rapaz ri, assentindo com a cabeça. Mas a pergunta seguinte o perturba ainda mais.

– Eu não sou compositor, mas tu és um revolucionário?

Neste momento Rossetti balança a cabeça, demonstrando contrariedade com a pergunta. Embora saiba que se trata de mais uma das pilhérias do comissário, preocupa-se, pois não conhecem o jovem e poderão ter alguma dor de cabeça com a *Folha Canoense*, que sempre foi uma parceira nas investigações criminais.

De fato, Leon fica preocupado com a pergunta, em plena ditadura, mas Chopan nota seu constrangimento e pede-lhe desculpas pelo temperamento brincalhão. Convida-o a sentar-se e lhe diz:

– Muito bem, estou à sua disposição!

O jovem, vencendo a perturbação, inicia a entrevista. Faz várias perguntas sobre o decapitado. Se era da cidade, de qual bairro, se era mesmo um delinquente violento, quais crimes teria cometido, se tinha rivais ou desafetos, enfim, indagações previsíveis para o comissário. Ele responde a todas de forma didática, mas sem avançar em alguns pontos, pois a investigação ainda está em curso. Mas a imprensa, como é natural, quer antecipar-se aos acontecimentos, qualquer rumor procura transformar em fato, em notícia, em *furo*. Às vezes querendo ajudar, prejudica, o que faz o comissário responder a tudo com muita cautela.

Leon se ajeita na cadeira, pergunta se pode fumar, pigarreia algumas vezes e prossegue:

– Senhor comissário, eu sei que as averiguações não estão concluídas, pessoas ainda serão ouvidas, álibis devem ser confirmados, mas gostaria de perguntar-lhe algo mais contundente sobre esse crime.

– Estou a sua disposição.

– O jornal obteve informações de que taxistas da Mathias Velho estariam envolvidos no assassinato, em especial um deles que teria desavenças com o degolado. Pergunto: procede essa informação?

Chopan desvia o olhar de Rossetti, que está com o rosto crispado de desaprovação, e demora um pouco a responder:

– Meu prezado, que bela pergunta! Vejo que o moço terá um futuro brilhante na profissão, quem sabe até no jornalismo investigativo. Sabia que nos Estados Unidos e Inglaterra é comum nas redações esse tipo de repórter? Algumas vezes, inclusive, o jornalista auxilia a polícia. Fiquei curioso como essa informação chegou à imprensa... Mas não me cabe perscrutar isso, os senhores têm as suas fontes e eu respeito. Responderei com a maior sinceridade a sua indagação.

Chopan inicia a resposta entrando em detalhes da apuração policial, o que surpreende o inspetor Rossetti. Fala das inquirições que estão sendo feitas e que, de fato, os taxistas foram investigados, pois foram os últimos a ver José Belleti com vida. Um deles, é verdade, tinha ou teve sérias desavenças com o morto. E, sendo objetivo até demais, afirma que um taxista é suspeito, sim, mas que não poderia dar mais detalhes, uma vez que ainda precisam checar álibis e realizar outras diligências para esclarecer o crime.

Ao final, acrescenta, parecendo uma autorização, que, se o jornalista quiser, pode pôr na manchete: *Taxista é suspeito*.

Após essa inesperada declaração, Leon se dá por satisfeito, agradecendo a disponibilidade do comissário. Vê-se com nitidez o rútilo em seus olhos com o *furo* que leva para o jornal. Mas quer dizer algo importante e pede para falar a sós com Chopan.

– Meu prezado, não tenho segredos para com o inspetor Rossetti, e o que se falar aqui, fica aqui. Continue, por favor.

Leon desliga o gravador, fecha o caderno cheio de folhas soltas anotadas e fala com certa pompa:

– Comissário Chopan, eu tenho uma informação que, acredito, pode lhe ajudar nas investigações desse crime.

– Pois diga, estou curioso.

– É o seguinte. Alguns dias atrás, após sair do trabalho, já tarde da noite, resolvi tomar uma cerveja no Bar Pinheirinho.

– Boa escolha...

Leon sente-se embaraçado, mas prossegue:

– Enquanto tomava minha cerveja no balcão, ouvi a conversa entre um cliente e uma dançarina conhecida por Marilyn, que estavam atrás de uma cortina, na beira da escada que leva aos quartos. Eles discutiam, parecia que o homem estava com ciúme da mulher.

– Ciúme de prostituta – resmunga o comissário, e conclui: – Acontece.

O rapaz conta detalhes da altercação e, por fim, resolve, um tanto titubeante, informar que se tratava do industrial Arnaldo Santinni e que este havia jurado de morte o homem assassinado. Pelo que entendeu da conversa, Capacete mantinha um relacionamento mais sério com Marilyn.

Chopan, intrigado, interpela Leon:

– Mas o senhor prestou muita atenção nessa conversa... Afinal, qual era o seu interesse?

O rapaz pensa um pouco e acha melhor contar a verdade, pois, se omitir o fato, poderá se incomodar com a polícia. Então, pedindo o máximo sigilo, conta-lhes do *affaire* com Teresa Cristina, a mulher do industrial Arnaldo Santinni.

Chopan e Rossetti olham-se diante de tal inconfidência; afinal, trata-se de uma *socialite* com certa notoriedade. As expressões faciais são de surpresa, mas também de inveja.

O comissário se recompõe do impacto da notícia, agradece as informações confidenciais do jornalista e tranquiliza-o quanto ao sigilo em relação ao seu caso com a *madame*. Mas sabe que este fato poderá mudar o curso das investigações.

Despedem-se, e Chopan nota a mão fria de Leon. Assim que o jornalista desce as escadas, Rossetti retorna à sala com os olhos esbugalhados:

– E agora, comissário?

Chopan fica puxando as alças dos suspensórios e nada diz.

23
MAIS UM SUSPEITO DO CRIME

Rossetti entra apressado e ofegante na sala do comissário. Chopan acaba de servir-se de café no balcão junto à janela. Mira a esmo o grande terreno a sua frente, que, outrora, foi a famosa chácara dos Mathias Velho. E fixa o olhar no imponente casarão, bem no meio da gleba, antigo centro das decisões políticas do município. Hoje se encontra em ruínas, escondido em meio aos arbustos, o arvoredo e o mato alto.

Os olhos apertados pelos raios solares, que reverberam dos vidros dos carros, deixam à mostra as rugas já bem acentuadas no rosto do comissário. Após um pequeno gole do café fumegante, vira-se para o inspetor e indaga com ironia:

– Bom dia, meu prezado, por que essa correria desenfreada? Vai *tirar o pai da forca*?

O auxiliar respira fundo e, com a palma da mão, gesticula que precisa se recompor do sufocamento. Finalmente, fala com a voz abafada pela falta de ar:

– Bah, essa minha asma qualquer hora me mata.

A passarela da cabeça

Ainda com dificuldade para respirar, Rossetti começa a relatar o que ouvira minutos antes no Bar do Motorista. Diz que, enquanto tomava uma xícara de café e comia um pão com manteiga, observando o vai e vem dos automóveis na Federal, Seu Alfredo, dono do estabelecimento, perguntou como estavam as investigações da cabeça degolada... Se já tinham ouvido um tal de Zé Cabelo.

Questionado de quem se tratava, o comerciante ficou reticente, quis desconversar, mas depois contou o que ocorreu ali no bar uns dias atrás. Já tarde da madrugada, antes de fechar o estabelecimento, chegaram três homens muito nervosos. Eram Capacete e Beto Mancha, que estavam sempre juntos, seus clientes habituais, embora contumazes devedores. Mas tinha um outro que chamavam de Zé Cabelo ou Zé do Cabelo. Sentaram-se no fundo do bar, pediram uma cerveja, e em seguida iniciou-se uma discussão entre eles. Capacete e Zé Cabelo saíram porta afora se empurrando e brigando a socos e safanões, quando Beto chegou apartando. Zé Cabelo subiu a Avenida Boqueirão aos gritos, chamando Capacete de *traíra* e prometendo matá-lo.

– Humm, mais uma peça nesse jogo intrincado... – Chopan diz isso absorto, parecendo falar consigo mesmo. E prossegue: – Temos alguns desafetos do senhor Belleti, mas apenas um teve coragem de matá-lo.

Rossetti senta-se em uma das cadeiras da mesa de reuniões e fica esperando as ordens do comissário. Ainda respira fundo, agora sem aquela aflição da chegada. Chopan caminha pela sala, indo e voltando até a porta. Não lhe parece que esse novo comparsa seja o autor do assassinato. Se era frequente sua procura por Capacete na lanchonete,

103

estaria se colocando como suspeito. Por outro lado, delinquentes mais jovens normalmente são impetuosos e impulsivos.

– Precisamos falar com esse Zé Cabelo ou Zé do Cabelo, seja lá o que for – Chopan diz isso se apoiando sobre a mesa com as duas mãos. E, após uma pequena pausa, continua, determinado: – Vamos desvendar o porquê dele querer matar o senhor Belleti.

Rossetti põe-se de pé, já recomposto, e diz:

– Vou mobilizar os inspetores Osmar e Giovani para essa tarefa. Assim que tivermos novidades, lhe comunicarei.

Ao final da tarde, Zé Cabelo está frente a frente com o comissário. Aparenta uns vinte anos de idade e tem um cabelão que forma uma trança grossa amarrada por um pano.

– Boa tarde, senhor. Agora eu entendo o porquê desse apelido. Mas como é seu nome completo?

– Pois é, não me lembro da última vez que cortei o cabelo – diz ele, esboçando um riso nervoso. – Meu nome é José Antônio Silveira.

– Então, Seu Silveira, vamos direto ao assunto. O senhor conhecia José Gomes Belleti Reis, o Capacete?

O rapaz fica ruborizado e gagueja:

– Eu nã... nã... não ma... ma... matei o Ca... Ca... Capacete, eu....

– Calma, eu não estou dizendo isso, apenas me diga como o conheceu e se tinham *negócios* juntos. Beba um copo d'água.

Zé Cabelo bebe de um gole só todo o conteúdo do copo alcançado por Rossetti, respira fundo e fica calado. Passados alguns segundos, para ele uma eternidade, suspira e fala, fazendo caretas:

– Tá be... bem, vo... vo... vou con... con... contar tudo...

E conta, já mais calmo e a gagueira controlada, desde a primeira vez que Capacete o ajudou com dinheiro. Tinha dezesseis anos, estava desempregado, e Belleti viu o dono de um *cheeseburger* recusar servir-lhe um lanche em razão de dívidas passadas. Capacete, então, pagou o seu lanche. Conta que, após isso, ele o chamou para algumas atividades, mas sempre pagou pouco. Diz que, nos últimos tempos, apenas lhe dava uns *trocos*, o que, apesar da gratidão inicial, começou a deixá-lo enfurecido.

Ao final, assustado em ser suspeito da morte de Capacete, fala de forma surpreendente sobre o assalto à concessionária Cautol, do roubo do carro e da grande quantia que amealharam. A divisão proposta por Capacete foi mais uma vez injusta e humilhante na sua concepção. Ele e Mancha ficaram com quase tudo.

Findo o relato, da maneira mais calma possível, Chopan dá-lhe voz de prisão.

24
MARILYN CONVERSA COM O COMISSÁRIO

No dia seguinte, assim que adentra a sala dos inspetores, Rossetti depara-se com uma mulher sentada no velho sofá de napa. O vestido amarelo-claro contrasta com os vasos repletos de folhagens em variados tons de verde, que separam o local do espaço maior onde se concentram as mesas de trabalho. É loura, jovem, esguia e bela. A roupa colada ao corpo deixa à mostra a exuberância e simetria de suas formas. Está levemente maquiada, e o batom vermelho destaca-se na pele alva. O inspetor a examina e pensa: "Este rosto não me é estranho".

– Bom dia, senhorita, em que posso servi-la?

– Bom dia, telefonei ontem para a delegacia, porque preciso falar com o comissário Chopan – responde a mulher com a voz doce, mas firme.

– Sim, fui eu quem atendeu a ligação, ele já está chegando do almoço. Qual a sua graça, senhorita?

– Alice Dora Schön.

Rossetti, enquanto espera pelo chefe, fica conversando com Marilyn sobre amenidades e, a cada pequeno gesto e contidos sorrisos, sua memória vai encaixando as peças do quebra-cabeça mental. Até que decifra o enigma: trata-se da nova atração do Pinheirinho. Seus *shows* de *striptease* dão o que falar nas rodinhas de homens em bares e esquinas da cidade.

O inspetor faz algumas perguntas triviais e descobre que ela é natural do Vale dos Sinos. Está em Canoas há alguns meses e mora no bairro Niterói, embora diga que é na Vila Fernandes. O inspetor conhece a cidade na palma da mão. Tenta que ela revele o assunto, fazendo perguntas indiretas, mas apenas fica sabendo que a moça quer falar sobre o crime da passarela.

Chopan, com seu inconfundível pigarro, passa pelo corredor. Rossetti pede licença e dirige-se ao gabinete do comissário. Informa-lhe que a mulher do telefonema o espera e detalha sua atividade no Pinheirinho.

Pouco depois, o inspetor chega no gabinete com a moça. Chopan a observa de cima a baixo: é de uma beleza singular, mas com expressão humilde e até um ar de ingenuidade. Não consegue imaginar esta quase menina, seminua, voluptuosa, dançando com erotismo em um lupanar de beira de estrada.

Passam-se longos segundos até que a mulher fala:

– Bom dia, posso me sentar?

Surpreendido pela voz decidida da mocinha com rosto angelical, Chopan apressa-se em falar, ajeitando os suspensórios que estavam do avesso:

– Bom dia. Claro, sente-se, desculpe-me pela indelicadeza. Então, a senhorita quer me falar sobre o crime que abalou a cidade?

– Sim... senhor. Acho que tenho informações que podem ajudar na investigação.

O inspetor Rossetti repete algumas perguntas que já fizera na antessala e, como de costume, o comissário vai perscrutando a depoente. Cada gesto, expressão facial, tom da voz fazem parte do ritual de interpretação da fala e dos silêncios do interlocutor.

– Estou ansioso para ouvi-la... Mas antes me diga uma coisa: qual o tipo de relação que a senhorita tinha com o senhor Belleti, se é que tinha?

Depois de um suspiro cansado, Marilyn fala de um só fôlego:

– Vou lhe contar toda a história.

Relata, então, desde a primeira vez que Capacete esteve no Pinheirinho com seu amigo Beto Mancha. Conta sobre as idas dele ao prostíbulo e a exclusividade exigida, até com violência.

– Todos tinham medo dele, inclusive eu.

No início, como haviam combinado, vinha sempre às segundas-feiras. Ficava esperando por ele e não aceitava programas. Mas, passado algum tempo, chegava em qualquer dia da semana.

– Aí começou a complicar o meu trabalho, o senhor sabe, não é?

Chopan assente, com um leve fechar de olhos, meneando a cabeça. Marilyn revela que Capacete começou a buscá-la com um taxista amigo dele, que saíam a rodar pela cidade e, muitas vezes, iam a um casebre lá na praia de Paquetá. Ele entrava na minúscula casa, rodeada de um mato alto, e às vezes trazia um pacote. Tinha certeza de que se tratava de drogas.

A passarela da cabeça

– Comecei a ficar com medo, pois fiquei sabendo lá na boate que ele era um delinquente. Tentei me afastar, mas foi difícil, ele era louco. Imagina que queria casar comigo, mesmo sendo casado. Uma vez fomos nós três até a sua casa no bairro Igara. Fiquei no carro, e me deu dó daquela mulher que apareceu na porta com um bebê no colo.

– Nós três quem?

– Eu, ele e o Getúlio, o taxista, aquele amigo dele que lhe falei.

– Sim, entendi, pode prosseguir.

Marilyn continua falando das brigas e imposições de Capacete, das coisas que prometia a ela, quando Chopan aproveita uma pausa e diz:

– Senhorita, não quero interromper a narração, que está sendo muito interessante para as investigações, mas na sua chegada disse que tinha algo importante a nos informar que ajudaria a desvendar o mistério desse crime terrível.

Com o ultimato, Marilyn entende o porquê de tanto se desviar do tema principal. Na verdade, não quer contar sobre a conversa que teve no dia anterior com Samantha. Falta-lhe coragem. Deve muitos favores a ela quando do seu início no Pinheirinho. "E outra coisa", pensa, "se ela tiver alguma culpa nessa história, a polícia que investigue e descubra quem de fato matou o Capacete".

Ademais, Samantha podia desconfiar que Marilyn a teria denunciado, pois só ela e o falecido sabiam do ocorrido naquele quarto; então, resolve mudar a história:

– Doutor, é o seguinte. Como o senhor deve saber, na minha profissão tenho muitos clientes, digamos, *fixos*. Alguns chegam a se apaixonar pela gente... O que as esposas não fazem com eles, nós fazemos. Além disso, ouvimos com paciência tudo que eles querem falar. Com a gente eles têm mais intimidade para se *abrir*. Algumas de nós também não têm paciência, só querem fazer o serviço e receber o pagamento, eu acho isso...

– Senhorita, seja objetiva, o que quer nos dizer?

Marilyn se abana com um leque colorido que, de forma abrupta, retirou da bolsa e continua:

– Desculpe, mas estou nervosa, até um pouco assustada do que vou contar...

Desta vez, é Rossetti quem fala:

– Fique tranquila, não é um depoimento formal. O que nos contar será usado apenas para a investigação, as informações serão mantidas em sigilo.

É quando a mulher relata a relação com Arnaldo. Faz questão de salientar que é um dos *fixos*. Vem todas as quintas e sempre lhe traz presentes. Conhece a *Dona* e várias meninas: é um *habitué* daquele local. Mas ficou transtornado quando soube que Capacete andava atrás dela.

– Comissário, eu não acredito, pois ele é rico, um homem *estudado*, mas ameaçou matar o Capacete caso eu continuasse a dormir com ele – diz ela com os olhos esbugalhados.

– Então, para a senhorita, foi muito conveniente a morte do senhor Belleti.

– O que o senhor quer insinuar?

– Nada que não seja uma conclusão lógica. Esse assassinato foi um alívio para a senhorita sob diversos aspectos.

Assustada, Marilyn pergunta se pode se retirar. Chopan concorda, mas, antes de ela levantar-se, lhe diz:

– Só mais uma pergunta, senhorita. No dia 2 de fevereiro, onde se encontrava?

– Naquele domingo, um dia antes, fui visitar minha mãe em Novo Hamburgo, por quê?

– Apenas são perguntas de praxe, senhorita... Alice Dora Schön. E a que horas retornou?

Marilyn responde que não lembra se voltara naquele mesmo domingo à noite ou se pela manhã do dia seguinte. Justifica a imprecisão pelo fato de visitar a mãe várias vezes por mês.

Mas Chopan insiste:

– Não faz nem duas semanas dessa visita, não se recorda mesmo?

Ela fixa os olhos por cima da cabeça do comissário. Pela ampla janela fita um pardal que pousa nos fios elétricos. Apertando as pálpebras e os lábios, parece vasculhar em algum lugar recôndito do cérebro o que aconteceu naquele dia. Passados alguns segundos, com os olhos ainda maiores e o rosto levemente róseo, exclama:

– Ah, lembrei!

Trêmula, diz que voltou no domingo ao anoitecer porque foi com a amiga Samantha em um bailão em Porto Alegre. Não é verdade, mas só mais tarde a polícia poderá descobrir.

Despede-se e desce as escadas, satisfeita por encobrir o que a amiga lhe dissera na noite anterior. Ao sair do prédio, segue à direita até a Avenida Guilherme Schell, onde quer pegar um táxi.

Com os inconfundíveis cabelos loiros esvoaçantes, Samantha a vê da janela do ônibus que a leva para o centro da cidade.

25
O ENIGMÁTICO INTERROGATÓRIO DE BETO MANCHA

O comissário, em seu gabinete, degusta o café recémtrazido pela copeira e acende o segundo *Cohiba* do dia, quando Rossetti entra outra vez esbaforido. Mal termina uma palavra, tenta emendar em outra.

– Calma, meu prezado. Sente-se, respire fundo, tome um café, depois me conte a novidade.

O inspetor senta-se, joga a cabeça para trás, inspira fundo o ar que lhe falta e consegue falar:

– Comissário... lembra-se da campana sobre aquele delinquente comparsa do Capacete... um tal de *Beto Mancha*? Pois então, recebi agora um telefonema do nosso informante dizendo que ele está no Bar do Motorista.

– Muito bem, então vamos lá tomar um cafezinho e bater um papo com esse cidadão.

– Mas, comissário, não seria melhor trazê-lo aqui?

– Não desta vez, caríssimo. Veja bem, além de nada pesar contra ele, aqui as pessoas ficam travadas, com medo, afinal ir a uma delegacia não é nem um pouco aprazível. Melhor irmos ao seu *habitat*. Eles ficam mais soltos, mais confiantes.

A passarela da cabeça

– Sim... Isso é verdade.

– Sei que se trata de um desses meliantes aqui do bairro, mas talvez uma conversa informal possa nos levar a algum desafeto do falecido ou, quem sabe, ele tenha conhecimento de eventuais ameaças que estivesse recebendo. Vamos lá, que o tempo urge!

Ambos saem rápido pelo corredor, mas não sem antes convocarem dois inspetores para os acompanhar num carro discreto.

Ao chegarem à frente do bar, o comissário pede para os inspetores ficarem esperando, atentos ao que ocorrerá dentro e nas imediações. Ele e Rossetti se dirigem ao balcão, e o dono do estabelecimento indica com a cabeça a mesa onde está o homem. Os policiais se aproximam com cuidado, tentando demonstrar naturalidade.

– Senhor Beto Mancha? – indaga Chopan.

– Sim, sou eu mesmo, senhor comissário.

– Então me conhece?

– Quem não conhece o senhor nesta cidade? Mas o que querem comigo? Eu tô limpo, procurando trabalho e tenho endereço fixo.

Chopan e Rossetti sentam-se à mesa. O homem que está atrás do balcão aproxima-se, após um abano do comissário. Ele pede um cafezinho e uma água mineral com gás; o inspetor não quer nada. Antes de vir o café, o comissário explica o motivo da conversa que pretendem ter.

– Eu não sei de nada, mal conhecia o Capacete.

– Calma, meu amigo – interfere o inspetor. – Primeiro vamos nos apresentar. O comissário tu já conheces, eu me chamo Jorge Rossetti, agora queremos saber o seu nome; afinal, Beto Mancha é apelido.

113

– Mário Roberto – diz ele a contragosto, antes de abocanhar o cachorro-quente que segura com as duas mãos.

Suprimiu o sobrenome, o que não passa em branco ao inspetor. É quando Rossetti dá ao comissário uma espécie de senha para o início do interrogatório. Chopan, após formar uma densa nuvem de fumaça, fala com firmeza:

– Senhor Mário Roberto, nós sabemos de suas atuais atividades e sua vida pregressa. Acaba de cumprir medida de segurança no Instituto Psiquiátrico Forense por quase matar um homem a socos e pontapés no interior do Estado.

– Eu não... isso não foi....

– Temos notícias do seu envolvimento em outros delitos com o decapitado, então, vamos ser objetivos, me fale tudo que sabe sobre o Capacete. Ao que me consta, vocês viviam juntos para cima e para baixo aqui pelas redondezas.

O rapaz para de comer, empalidece e arregala os olhos.

– Como assim? O que o senhor quer dizer com "nós vivíamos juntos pra cima e pra baixo"?

– Temos informação de que vocês se conheciam e algumas pessoas nos disseram que cometiam delitos na região.

– Ah tá, mas isso foi no passado. Eu agora tô procurando emprego, quero ter a minha casinha, uma vida normal, sabe, doutor?

Tendo certeza de que ele vai tangenciar as informações sobre Belleti, Chopan pergunta apenas quando e como se conheceram. E, desta vez, a resposta do rapaz parece sincera.

– A gente se conheceu quando era criança aqui no bairro. Eu morava no fim da Rua Florianópolis e ele na Rua

Curitiba, então a gente brincava naqueles matos que iam até o Rio dos Sinos.

Beto Mancha, de forma surpreendente, fala bastante sobre as brincadeiras entre os dois e os demais meninos do bairro. E destaca algumas características de Belleti, especialmente a liderança pela força e coragem. Chopan, ouvindo atentamente o rapaz, pensa que suas palavras denotam uma certa inveja ou até idolatria. Esta última mais provável, embora ele tente ocultar.

Agora, a cada pergunta do comissário, Mancha deixa transparecer outros traços da sua personalidade e também da de Belleti. Embora tente demonstrar que tinha alguma ascendência sobre Capacete, o que fica mais claro é um misto de admiração e temor. Percebe-se, entretanto, que Beto Mancha é uma pessoa afável, tranquila e, curiosamente, com senso de justiça apurado. O homem tem uma ligação muito forte com sua mãe e não tolera qualquer violência contra mulheres. Isso fica evidente quando ele se refere à relação de Capacete com a bailarina do bordel.

– Quando ele começou a transar com a Marilyn, dizendo que queria casar com ela, fiquei espantado, afinal ele já era casado, tinha uma filha de colo, coitada da guria, ia ficar na *rua da amargura.*

– Era tão sério assim?

– Muito sério. Ele estava gostando mesmo da mulher do Pinheirinho, mas ela é puta, desculpe doutor pelo palavrão. Uma hora chega um graúdo e ela se vai com ele. Deixar por essa profissional a coitada da mulher dele e da menina não entrava na minha cabeça.

O comissário e o inspetor olham-se perplexos e fazem mais algumas perguntas, exceto em relação a Zé Cabelo e a

Getúlio. No final, se despedem, informando a Beto Mancha que deverá ser chamado à delegacia para prestar depoimento formal no inquérito.

Já no carro, Chopan, após um longo silêncio, comenta com seu auxiliar:

– Interessante, meu prezado! Esse rapaz parecia ter um apreço especial pela vítima, uma coisa de irmão mais velho, mas, ao mesmo tempo, observei uns traços de ciúme, algo meio possessivo.

Diz isso olhando as nuvens *rabo de galo* que se formam no horizonte e imaginando as habituais chuvas no entardecer.

Ao chegarem ao gabinete do comissário, Rossetti está curioso pelas observações do chefe, mas este fica esparramado na sua velha poltrona. Olha fixamente para o teto, observando o voo irrequieto de uma mosca e pensando que teria de conversar de novo com esse rapaz. Ele falou bastante da sua admiração e amizade com Belleti, mas, a cada pergunta sobre a reciprocidade dessa estima, tergiversava. Enfim, esse rapaz não é aparentemente um suspeito, mas oculta algo importante. Pode ser sobre algum crime muito sério que cometeram juntos, ou não.

O fato é que, pela primeira vez em muitos anos, Chopan não consegue decifrar a linguagem corporal de um interlocutor.

26

O COMISSÁRIO VAI AO BAR PINHEIRINHO

Não é comum, tampouco do gosto de Chopan, na idade em que se encontra, frequentar bordéis. Mas, diante da centralidade que a senhorita Marilyn vem tendo nesse imbróglio investigativo, ele obrigou-se a convidar o seu auxiliar para conhecer o Bar Pinheirinho. É o local de trabalho dela, onde hoje, provavelmente, muitos homens ficarão hipnotizados em razão do *show* de *striptease* que ocorre sempre às quartas-feiras.

Rossetti fica estupefato, pois jamais imaginou receber um convite desse tipo do comissário.

– Não é o que está pensando, vamos lá para trabalhar, meu prezado, não tenho tempo para essas coisas.

Chopan diz isso com seriedade, mas, no fundo, está curioso para conhecer o cabaré. Desde que se casou com Helena, nunca mais pisou nesses ambientes.

Eles chegam ao local por volta das dez da noite, acompanhados de dois inspetores que ficam na porta, de sobreaviso. São recebidos por Zaira, que logo os leva à *melhor* mesa da casa. Está escondida atrás de uma coluna e é a mais próxima ao minipalco onde se dará o *show*.

Com um sinal, chama duas moças com roupas diminutas que estão escoradas na mesa do bar. Pega as gurias pelos braços, diz algo em seus ouvidos e se retira. Elas sentam-se à mesa e, como num ritual, pousam com leveza as mãos nas pernas dos policiais. O comissário, de modo cortês e objetivo, diz que apenas irão tomar uns drinques; não precisam do serviço delas nesta noite.

– Está bem, mas se quiserem façam apenas um sinal, hoje estamos a sua disposição, ordens da chefa – fala a mais velha, que não passa dos vinte e cinco anos.

O inspetor, com malícia no olhar e um meio sorriso, resmunga:

– Elas podiam ficar aí, chefe, não atrapalham em nada.

O comissário responde com ironia:

– Onde se ganha o pão, meu prezado, não se come a carne!

Riem os dois, brindando com seus copos transbordantes de espuma da cerveja recém-servida pelo garçom.

Em seguida, Chopan fica observando a movimentação no lupanar. Quer ver quem gravita em torno de Marilyn. Os homens, as mulheres e as colegas de trabalho. Ver se algum dos possíveis suspeitos estará ali e como se comportará. Ele nunca esqueceu o professor das aulas de Criminologia dizendo que o corpo fala mais do que a boca. Jurava que uma detida análise dos gestos e das expressões faciais é importante para identificar o autor de um crime, o que ele, na época e por muito tempo, entendeu ser apenas figura de linguagem.

Enquanto beberica e espera pelo *show* de Marilyn, continua a observar o ambiente. É simples, mas de uma alegria extremada. Mulheres e homens parecem desfrutar de uma liberdade genuína. Dançam, se agarram, se beijam, as mãos lépidas e faceiras. As únicas regras são impostas pela cafetina. Deve-se respeito e cortesia às meninas. É proibida qualquer violência física, inclusive quando na cama. Quem não respeita é convidado a se retirar ou será *jogado* para fora.

Seus pensamentos são interrompidos por um leve toque no ombro. Vira-se, mas não consegue enxergar bem a pessoa; as luzes já estão sendo desligadas, pois o *show* é iminente. Vê apenas que se trata de um rosto de mulher, em que se destaca o excesso de maquiagem, e uma peruca. Ela não diz nada, mas, sorrateira, deixa-lhe um bilhete na mão. Chopan, com muita discrição, abre o papel que está dobrado em quatro partes. A penumbra não lhe permite visualizar a pequena frase. Então, levanta-se e avisa Rossetti que vai ao banheiro.

Lá, consegue ler o bilhete em letras de forma e cursivas que se misturam:

TeNHo iNForMação do criMe da PaSSarela, Me eNcoNTre no PáTio na Hora do SHoW.

Chopan volta à mesa, senta-se e faz um sinal para que Rossetti se aproxime. Colocando a mão direita sobre a boca, cochicha-lhe sobre o bilhete, avisando que irá sozinho ouvir a moça. Pede que ele continue a observação atenta das pessoas que estão em torno de Marilyn...

Logo depois, sobe ao pequeno palco um homem com um surrado terno branco e gravata-borboleta vermelha. A tez em tom de cuia, os olhos pequenos e os cabelos pretos, com franja nas sobrancelhas, mostram a sua ascendência indígena. Pela voz poderosa recebeu a alcunha de Trovão.

– Povo canoense e adjacências! Como todos sabem, hoje teremos a sensacional, a espetacular, a inigualável, aquela que amolece corações e endurece outras coisas...

Após a risada geral, ele anuncia:

– Com vocês, a inesquecível MARILYN MÜLLER!

Os frequentadores, alguns apenas das quartas-feiras, aplaudem fervorosamente. Assobiam, ansiando pelo acendimento das luzes para apreciar a bela mulher.

Aos primeiros acordes da música, com o palco na penumbra, vê-se a sombra de um corpo feminino sentado em uma cadeira. As pernas abertas e os braços apoiados no espaldar são a senha da iminência do *striptease*.

Chopan aproveita o ambiente escurecido, levanta-se e sai em direção à entrada do bar, onde se aglomera a plateia masculina. Continua pela lateral oposta a sua mesa e, antes das luzes vermelhas e amarelas se acenderem ao ritmo da música sensual, ultrapassa a cortina de miçangas e entra no corredor pouco iluminado. À direita, observa a escada que leva aos quartos e, nos fundos, enxerga uma antiga porta de duas folhas que está entreaberta.

Assim que passa pela porta, uma mão forte segura seu braço e ele ouve um sussurro:

– Vamos lá para baixo da goiabeira.

E assim, com ela segurando-lhe com força o braço, caminham até onde a luz dos fundos da casa não alcança. Estão quase em completa escuridão, não fossem alguns fachos de luz dos refletores da Praça do Avião que iluminam a copa da árvore.

Chopan, passado o pequeno susto, reconhece ser a mesma pessoa que lhe entregou o bilhete minutos antes. Ele resolve iniciar a conversa:

A passarela da cabeça

– Parece que a senhorita tem algo importante a me dizer.

Samantha acende um cigarro com muito custo, tal é o seu nervosismo, e fala:

– Comissário, eu tenho algo para lhe dizer, mas precisa ficar entre nós dois.

– Certo, podes continuar.

A mulher traga com força o cigarro e recomeça:

– É o seguinte... Sou muito amiga da Marilyn, ela é minha confidente... e eu dela, mas não posso silenciar sobre um fato que fiquei sabendo há poucos dias.

Samantha, então, como que paralisada, emudece. Na sua cabeça apenas pensa na reação da amiga se soubesse que ela a está denunciando. E se Marilyn não contou nada da conversa das duas? E se apenas tivesse se precavido, informando à polícia que ela não estava na cidade no dia do crime, o que Samantha sabia que era mentira.

Nesse instante, Chopan vê uma lágrima escorrer dos olhos de Samantha e, temendo que ela possa calar-se, insiste:

– Vamos, pense que irá ajudar não só a polícia, mas a sociedade a saber quem é capaz de matar um homem, lhe cortar a cabeça e expô-la em público, como um troféu.

Apesar da investida, a mulher não tem coragem de falar a verdade, dizendo apenas o que o comissário já sabe:

– Não quero ser leviana, mas ela me disse que não aguentava mais a violência do Capacete. E contou tudo para o seu amante fixo, um homem *graúdo* da cidade chamado Arnaldo, que ficou furioso não só pela *traição*, mas por ele ter machucado a Marilyn.

Samantha respira fundo, limpa os olhos com o dorso da mão direita e continua:

– Suspeito que ele tenha mandado *fazer o serviço*. E só peço a Deus que ela não tenha qualquer envolvimento nessa desgraça.

O comissário ouve com atenção a mulher. Desde o início, sabe se tratar de uma travesti. Tenta mais uma vez instigá-la a falar, mas ela diz que é tudo que sabe e precisam voltar, pois o *show* logo findará. Antes, porém, puxa um lencinho do bolso e o aplica suavemente sobre o rosto para recompor a maquiagem.

Chopan observa seus movimentos e, intrigado, pensa: "Por que ela omitiu ou mascarou fatos que sabe? Teria sido a amizade que nutrem uma pela outra? Será que não estarão ambas envolvidas no crime?"

Retornam para dentro do cabaré. Ele faz o caminho de volta à mesa; ela espera um pouco e se dirige ao banheiro das mulheres.

Rossetti, por estar apreciando o *striptease*, mostra-se curioso sobre a conversa do comissário:

– Temos boas notícias?

Chopan faz uma expressão enigmática e sussurra:

– Este caso está ficando mais complexo do que eu imaginava, mas algumas peças já estão se encaixando. Depois te conto tudo, vamos apreciar o *show*.

Seguindo os movimentos sensuais de Marilyn, Chopan cruza com os olhos da mulher. Ele sorri, mas não tem reciprocidade. Ela não disfarça o incômodo com o comissário ali na sua frente.

27
CHOPAN À PROCURA DO CULPADO

O delegado Vicente Vieira entra na sala do comissário com seu jeito bonachão, arrastando as surradas sandálias franciscanas: *plec-plec-plec*. Parece querer mostrar a toda a delegacia a sua chegada. Apoia-se sobre a cadeira à frente da mesa de Chopan e diz:

– Te procurei a manhã inteira, pois creio que não achaste o verdadeiro autor do crime da cabeça.

– Por que isso, meu prezado?

Vicente puxa a cadeira, esparrama-se e, após o estalar das madeiras, fala baixinho:

– Esse Zé Cabelo que tu prendeste não tem colhões para decapitar nem um passarinho, vive chorando na cela.

O comissário levanta-se, estica os braços e sentencia:

– Quando a raiva é grande, meu prezado, Davi derruba o gigante Golias.

Faz uma pausa enigmática e recita:

– *Hoje mesmo o Senhor o entregará nas minhas mãos, eu o matarei e cortarei a sua cabeça.* 1º Samuel, capítulo 17, versículos 45 a 47.

Chopan, embora agnóstico, fez o curso secundário no seminário jesuíta São José, em Pareci Novo, e se tornou um grande admirador das histórias do Antigo Testamento. Sabe contar passagens bíblicas, com os respectivos capítulos e versículos. Rossetti, no início, desconfiou de tantos detalhes e da precisão nos números e foi conferir no livro sagrado. Depois da terceira citação, em que até os versículos estavam corretos, desistiu.

O comissário volta a sentar-se na velha poltrona, estica os suspensórios e começa a contar onde esteve pela manhã:

– Fui visitar um dos maiores expoentes do empresariado da cidade, o senhor Arnaldo Coutinho Santinni...

O delegado o interrompe:

– É filho do Arnaldão, meu contemporâneo no Colégio La Salle. Foi um homem empreendedor, transformou a ferraria do pai numa pequena empresa de fundição que hoje é essa potência. Mas o filho, até onde sei, era prepotente e metido em brigas na cidade. Incomodou tanto que o Arnaldão teve um acidente vascular cerebral que quase o matou. Mas, que mal pergunte, o que foste fazer lá?

Com a intimidade que o tempo construiu entre os dois, Chopan responde:

– Olha, Vicente, o homem tá bem envolvido no crime da cabeça.

O delegado fica preocupado com o tipo de envolvimento que o filho do amigo pode ter com o caso. Além disso, será um rebuliço na cidade.

Chopan serve café para ambos e começa a relatar o porquê da sua ida à empresa do suspeito. O delegado é informado do andamento das investigações, mas alguns fatos o comissário não revela. É cauteloso. Só depois de ter indícios

A passarela da cabeça

mais robustos é que os levará ao conhecimento do chefe. A situação do empresário Arnaldo Santinni é uma delas, mas agora já detém elementos que o autorizam a suspeitar de que ele pode estar envolvido no assassinato. Frederico Chopan havia sido informado da relação dele com Marilyn, mas esse fato chegou aos seus ouvidos pelo amante da esposa do empresário. A prostituta, apesar de outras possibilidades investigadas, parece ser o pivô do crime da passarela.

Vicente, cada vez mais inquieto com a narrativa, remexe-se na cadeira, o que a faz ranger perigosamente.

– É sempre assim, os homens se perdendo por um *rabo de saia*...

Chopan, com sua habitual tranquilidade, vira-se para a escrivaninha, tira um *Monte Cristo* da caixa, presente do delegado, acende-o e continua:

– Sabes que, quando vou conversar com algum suspeito, já tenho várias informações sobre ele. Seus passos, relações, atitudes, enfim, a sua vida foi esquadrinhada. Então, ao interrogar a pessoa, busco deixá-la constrangida, de modo que ou confesse o crime ou caia em equívocos e contradições, que só depõem contra o investigado.

– ...

– O senhor Arnaldo Santinni, na noite do crime, não estava em casa. Chegou duas horas depois da provável hora do assassinato, que os peritos calcularam à meia-noite de domingo. Já sabia disso, mas queria que ele me dissesse onde estava, qual era o seu álibi. E aí há uma contradição. Disse que estava com Marilyn na boate Pinheirinho, mas ela não trabalhou naquela noite, temos várias testemunhas afirmando que domingo é a sua folga. Saiu no sábado de madrugada e só voltou na segunda-feira, às dezenove horas.

O delegado aproveita a nova tragada que o comissário dá no charuto e diz:

– Humm... Mas, por mais violento que ele seja, não acredito que sujaria as mãos num crime tão bárbaro.

Respira fundo, balança a cabeça e continua:

– No entanto, pode ser o mandante dessa crueldade... Meu Deus do céu, se isso for confirmado, é agora que ele mata o pai.

Enquanto o delegado faz o comentário, Chopan avalia se deve contar toda a conversa com o filho de seu amigo. Se Vicente soubesse que, depois de Arnaldo Santinni se tornar suspeito, a campana que foi feita sobre ele o seguiu de carro por duas vezes até as imediações onde ocorreu a decapitação, ficaria ainda mais nervoso. Ou que, enquanto o esperava em sua sala na empresa, observou uma coleção de facas numa das paredes, e que faltava uma delas. Pela ordem, justamente, a especial para carnear bichos. "Não, não", pensou Chopan, "não lhe contarei esses fatos".

Após ouvir o comissário sobre questões tangenciais do crime e suspeitos, o delegado levanta-se, deseja-lhe boa sorte e retira-se para seu gabinete.

Nesta mesma tarde, Chopan recebe novas informações sobre o crime da passarela. Primeiro é o inspetor Osmar que ingressa em sua sala com Rossetti, dizendo que descobrira um morador nas imediações do dique, próximo onde ocorreu o crime. É um observador das constelações com uma luneta antiga. E o investigador ressalta:

– Parece que viu alguma coisa interessante naquela noite.

De imediato, o comissário sai com os dois para a casa do astrônomo autodidata.

– Espero que ele tenha visto mais que estrelas! – fala Chopan otimista.

Chegam em alguns minutos na casa de Valdemar dos Santos, esse o nome da testemunha. Ele os recebe no portão e diz que só falará com o comissário.

Chopan dá algumas recomendações aos inspetores e ingressa na casa. Fica lá por mais de uma hora. Sai com algo na mão, que logo deixa escorregar para um bolso da frente do terno. Despede-se com um largo sorriso do morador *astrônomo*.

No carro estão todos ansiosos, mas o comissário nada explica, apenas diz, com a fisionomia muito leve:

– Todo crime deixa rastros, meus prezados, o nosso trabalho é encontrá-los e decifrá-los.

Ao chegar na delegacia, Chopan chama Rossetti em sua sala e ordena:

– Precisamos convocar todos os suspeitos para uma *acareação coletiva*, inclusive dona Teresa Cristina e Leon.

– Mas, chefe – assim o chamava às vezes, embora o comissário não apreciasse muito. – Tem certeza do que está propondo? Isso pode dar uma confusão danada!

– Fique tranquilo, inspetor, vai ser divertido...

28
A ÚLTIMA PEÇA DO QUEBRA-CABEÇA

No dia seguinte, às dez horas da manhã, estão todos no gabinete do comissário, exceto Arnaldo e Teresa Cristina. Zé Cabelo, conduzido da detenção, está sentado na ponta de um banco de três lugares, trazido do corredor para dentro da sala. Lúcia, a viúva de Capacete, com a filha no colo, na outra ponta do banco. O taxista Getúlio, com o rosto crispado, escolhe uma das cadeiras da mesa de reuniões, onde já estão Marilyn e Samantha, que, embora amigas, não vieram juntas. Beto Mancha está escorado na parede ao lado da porta de entrada. Masca um chiclete com displicência. Ainda são convidados para a reunião a escritora Nara e o jornalista Leon, que estão sentados nas velhas e arriscadas cadeiras em frente à mesa.

No gabinete do delegado encontra-se o próprio, Chopan, Rossetti e Osmar.

– Já chegaram todos?

– Não, ainda falta o casal Santinni.

– Vamos aguardar mais uns instantes. Como se trata de uma *acareação coletiva*, é fundamental suas presenças.

O delegado Vicente, embora orgulhoso do comissário e sua equipe, não vê a hora de prender o criminoso ou a criminosa e indaga se será mesmo necessário aguardar o casal, ao que Chopan replica de forma enigmática:

– É lógico, meu prezado...

Com um atraso de quinze minutos, os Santinni chegam à delegacia. São anunciados e, ao entrarem na sala, Chopan levanta-se e diz:

– Sejam bem-vindos!

Arnaldo, com o rosto nada amigável, fala, com a reconhecida empáfia:

– Precisamos antes conversar com o delegado, podem nos dar licença.

Vicente e Chopan já haviam conversado sobre essa possibilidade. O delegado, então, diz:

– Senhor Santinni, não há nada para conversarmos neste momento. Seu pai me ligou ontem e expliquei sua situação pessoal em relação ao crime da passarela.

O comissário apressa-se:

– Todos aguardavam apenas sua chegada para iniciarmos nossa reunião. Rossetti os acompanhará até meu gabinete.

Na saída, é visível a contrariedade e o nervosismo do homem. Sua bela mulher, ao contrário, caminha altiva e elegante, parece estar desfilando, embora saiba da repercussão que a ida do casal à delegacia causará.

O comissário e o delegado entram na sala, Chopan acomoda-se em sua velha poltrona, e Vicente Vieira senta-se ao lado. Rossetti e Osmar postam-se junto a ambos. O casal Santinni permanece em pé perto da porta de entrada, a pedido de Teresa, assim que avista Leon.

– Meus prezados – inicia o comissário Chopan, com o seu indefectível charuto na mão esquerda –, sei que não é uma situação confortável estarem todos aqui, mas suponho que saibam o motivo de terem sido convocados para esta reunião...

Quando pressente que alguns poderiam interferir, dá seguimento a sua fala:

– Não precisam me responder, fiquem tranquilos. Só peço que primeiro me ouçam.

– ...

– Inicialmente, quero dizer-lhes que, a partir do assassinato do senhor José Gomes Belleti Reis, vulgo Capacete, todos vocês passaram a ser monitorados por nossos inspetores. Por uma razão ou outra tiveram alguma relação com o decapitado. E ainda, todos tinham algum motivo para contentar-se com o desaparecimento de Capacete.

O comissário faz uma pausa para observar o movimento corporal dos presentes e as expressões faciais. Suas suspeitas vão se confirmando. Continua:

– Vamos começar pela senhorita Alice Dora Schön, a Marilyn do Bar Pinheirinho, e sua amiga Samantha. A alegação de que estavam na noite do crime em um bailão em Porto Alegre foi refutada por nossa investigação. O único estabelecimento que funciona aos domingos naquele fim de semana estava fechado pelo falecimento da mãe do proprietário. Mas onde estariam naquela noite e madrugada? É uma incógnita!

As duas mulheres, ruborizadas, olham-se furtivamente. O comissário nota, mas não se abala. Dá uma longa baforada sobre a cabeça, cuja fumaça é dissipada pelas pás do

A passarela da cabeça

ventilador de teto que tenta aplacar o calor na sala. Tosse, livra-se de um pigarro e continua:

– E o taxista Getúlio Soares, o que estava fazendo naquela fatídica madrugada? Em depoimento aqui nesta delegacia disse-me que passou a noite com sua amante, o que não é verdade. Em conversa com a mulher naquela mesma noite do depoimento, ainda que tenha nos fornecido um endereço incorreto da residência da moça, ela informou que viajou naquele fim de semana para Santa Maria, onde iria visitar uma tia hospitalizada, à beira da morte, o que também foi confirmado.

Getúlio remexe-se na cadeira e fala com certa timidez:

– Eu tenho outra amante.

– Pode ser, mas descobrimos que, naquela noite, na praça dos taxistas, perguntaste algumas vezes para os colegas se teriam visto Capacete. Disseram que tu reclamaste do calor, dizendo que encerrarias as corridas mais cedo e irias para casa, o que de fato não ocorreu. Segundo tua esposa, chegaste às cinco horas da madrugada. É bem plausível que possas ter ido com o senhor Belleti até o dique, o matado e decapitado, deixado a cabeça na passarela e depois retornado para casa. Em tese, meu prezado, não tens qualquer álibi.

Rosseti e Osmar deliciam-se com a dialética e argumentação do comissário. O delegado, fumando sem parar, regozija-se com as possibilidades que vão se descortinando sobre este crime. O comissário vai olhando um a um e para em Zé Cabelo.

– E o senhor, meu amigo, está preso por assalto, mas sabemos que alimentava um ódio mortal pelo decapitado. Ele o subestimava, o humilhava, o tratava como a um

131

irmão menor, mas não o protegia, ao contrário, sempre eras desprestigiado nas divisões dos roubos. Da última vez, parece que a relação quase de irmandade se rompeu. E tem mais, no dia do assassinato estiveste no Bar do Motorista perguntando por ele.

Zé Cabelo fala com a gagueira piorada:

– Eu estava bra... bra... brabo, mas eu nã... nã... não ma... ma... matei ele...

– Estavas mais que brabo, meu prezado.

Após outra tragada no charuto, completa:

– Tua situação ficou difícil, porque, depois de ter perguntado por ele no bar, não soubeste explicar tuas andanças naquela noite, apenas disseste que *tava por aí*.

Rossetti, o confidente profissional de Chopan, que sabe tanto quanto o chefe do andamento das investigações, não entende por que Lúcia, Nara, Teresa Cristina e Leon estão ali. Ele não vislumbra qualquer motivo relevante ou benefício direto que teriam com a morte de Capacete, mas o comissário enxerga alguns.

– Quanto à esposa Lúcia, muito embora uma menina que não demonstra qualquer força ou característica de cometer um ato violento contra qualquer pessoa, vinha sofrendo toda sorte de humilhações por parte do marido. No dia do crime encontrava-se em casa, mas poderia ter pedido um *basta* para essa situação a algum dos taxistas que *viviam* por lá.

O comissário faz esses comentários e a mulher apenas chora compulsivamente. A seguir, concentra-se na escritora:

– A senhora Nara envolveu-se com Marilyn um mês antes do assassinato. Soube dos maus-tratos que o falecido infligia a ela e queria denunciá-lo à polícia. Só não o fez a pedido da amiga, temerosa de que as duas fossem agredidas. Não a chamei a depor, pois só fiquei sabendo da relação entre vocês há poucos dias. Em uma conversa informal soube que na noite do crime a senhora, Dona Nara, se encontrava no cinema Cacique, em Porto Alegre, assistindo ao filme *Taxi Driver*. A sessão terminou às dez horas da noite e a senhora voltou para casa.

Agora, vem a situação mais embaraçosa para o comissário abordar. Como não tem outro jeito, resolve tratá-la em conjunto:

– Meus prezados senhor Arnaldo, senhora Teresa e jornalista Leon, desculpem-me sobre as indiscrições que farei, mas são ossos do ofício.

Teresa fica pálida, trêmula, pois lembra-se do que Leon lhe falara sobre a conversa com o comissário. O marido a ampara, e Rossetti logo lhe serve um copo d'água. Assim que a mulher se refaz do mal-estar, Chopan continua:

– Vou começar pelo senhor Arnaldo. Acho que não é segredo para sua esposa que seu marido frequentou o bordel Pinheirinho e lá conheceu a senhorita Marilyn, com quem manteve um relacionamento, digamos, mais duradouro. O fato é que ele não gostou nem um pouco do assédio de Capacete à moça.

– ...

– No dia do crime, um domingo, disse-nos que ficou com Marilyn até às dez da noite, depois rumou para casa. Apenas a parte de ir para casa é verdade. Marilyn não trabalhou naquele domingo. Devo lembrá-lo, também, de que na semana seguinte ao crime o senhor passou de carro várias vezes nas imediações do dique onde Capacete foi decapitado.

– Que absurdo, eu ando de carro por toda a cidade e vou ser responsabilizado porque passei próximo ao local de um assassinato!

– Fique calmo, senhor Arnaldo, estou apenas elencando indícios e avaliando os álibis de cada um. Como pode ver, vários aqui tinham interesse no desaparecimento do morto e deram explicações no mínimo estranhas, como é o seu caso... Mas, continuemos.

– ...

– Vamos agora às presenças aqui da senhora Teresa e do jornalista Leon. Primeiro, quero pedir muita calma com o que vou falar, especialmente ao senhor Arnaldo.

– O que falta ainda acontecer? – pergunta ele com indignação.

– Não quero entrar em detalhes, mas houve um relacionamento entre os dois, e a pergunta que se impõe é a seguinte: qual o interesse deles no assassinato de Capacete? Respondo: diretamente, nenhum, mas se o senhor Arnaldo fosse condenado estariam livres para seguir o romance...

– Mas o que é isso?! Não acredito! – fala Arnaldo, olhando com raiva para a mulher.

Teresa sorri nervosa, sacode a cabeça em negativa e diz:

– Com todo o respeito, comissário, mas o senhor está sendo leviano. Eu e o senhor Leon somos bons amigos, afinal ele é jornalista do mais importante veículo de comunicação da cidade, por isso nossa aproximação. Não tem qualquer cabimento essa hipótese. Onde já se viu eu estar envolvida com esse crime pavoroso, por favor!?

– Como eu já disse, não entrarei em detalhes – fala o comissário, encerrando o assunto.

Chopan sente dores na coluna lombar, talvez, pensa ele, oriundas da tensão. Espreguiça-se discretamente colocando as duas mãos acima das nádegas para aliviar a dor. Pega do cinzeiro o charuto apagado e a caixa de fósforos que está a sua frente e vai mirando cada um dos presentes, até se fixar em Beto Mancha, que continua encostado na parede perto da porta. Após acender o cubano, fala:

– Chegou a sua vez, senhor Mário Roberto Alves – e acrescenta com ironia: – Os últimos serão os primeiros.

O rapaz endireita-se, levanta os olhos na direção do comissário, mas não demonstra qualquer apreensão.

– Nós tivemos uma conversa informal alguns dias atrás, e depois colhi o seu depoimento aqui na delegacia. Naquele dia do crime, o senhor disse que foi até o Bar do Motorista no início da noite e depois foi se divertir nos bordéis da região, retornando para casa ao amanhecer.

– ...

– De fato o senhor foi a dois lupanares naquela noite, confirmamos entre as mulheres desses lugares, mas há uma lacuna entre o momento em que foi ao Bar do Motorista e perguntou por Capacete e a chegada ao bar da Gringa, primeiro bordel em que foi se divertir naquele fim de domingo. No primeiro, o senhor esteve entre oito e nove da noite, já no segundo, só chegou depois da meia-noite, mas não ficou muito tempo.

Beto Mancha, que até aquele momento se mantivera tranquilo, começa a esfregar as mãos e passá-las nos cabelos, tentando em vão jogá-los para trás.

– Não tínhamos como torná-lo suspeito só pelo fato de não explicar onde se encontrava e o que fazia durante aquelas três horas na noite do crime.

Chopan volta-se para todos e anuncia com voz firme:

– Entretanto, meus prezados, nos últimos dias as investigações trouxeram novas e definitivas informações para o deslinde do caso.

Neste momento, um *frisson* percorre a sala, cada investigado a seu modo demonstrando um grau de apreensão e nervosismo.

– Ontem estive próximo ao local do crime conversando com uma testemunha-chave. Além de confirmar minhas suspeitas, trouxe novos elementos comprobatórios. Trata-se de um morador daquela região aficionado em observar planetas, estrelas e improváveis cometas. Naquela noite, com seu obsoleto telescópio procurava a constelação Centaurus, que se encontra na direção sul, próximo ao horizonte.

– ...

– Quando descansava os olhos da luneta, notou dois homens caminhando sobre o dique. Não deu importância, pois de noite às vezes os casais vêm namorar naquele local. Ocorre que, passada uma hora, apenas um deles retornou, o que lhe chamou a atenção, mas continuou seu *hobby* de especular o firmamento.

Aquela observação sobre o gênero e os cabelos, em tese, excluiu as mulheres e Arnaldo, que, além de poucos folículos capilares, os mantinha curtos.

– Já madrugada alta, estimou entre duas ou três da manhã, o nosso astrônomo percebeu que o mesmo homem, agora com uma camisa diferente, retornava do dique com um embrulho debaixo do braço. Naquele momento, ele tentava fotografar o planeta Júpiter, uma grande estrela amarelada, pois astrônomos de todo o mundo dizem que é sua maior aproximação da Terra nos últimos sessenta anos. Após os registros, viu o homem se aproximando de sua casa e resolveu fotografá-lo também. Ontem ele me entregou o filme, e hoje pela manhã recebi as fotos reveladas.

Neste momento, Arnaldo diz:

– Impossível identificar alguém em uma fotografia no escuro; até onde sei, aquela região é desprovida de iluminação pública.

– Tem razão, senhor Arnaldo. Mesmo sendo uma máquina com lentes de aproximação, sem luz a imagem fica prejudicada, mas os contornos são captados.

Chopan, antes de continuar, traga a fumaça do charuto, que ameaça se apagar, e a vai expelindo pelo canto da boca.

– Então, temos um homem caminhando com um pacote em direção à Avenida Guilherme Schell. Ele vai até a praça dos taxistas, espera até quando resta apenas um veículo no ponto e pede uma corrida. O motorista é o senhor José Alencar, vulgo Foguinho, que me procurou uns dias atrás para me contar esse fato. Disse que ficou com medo de ser responsabilizado. Contou que levou esse homem primeiro até a Praça do Avião, mas ele resolveu descer no outro lado da BR-116, logo após a Churrascaria Grillo, próximo à passarela em questão. Ele achou estranho e perguntou ao passageiro o que era aquele pacote, e a pessoa respondeu ser uma bola oficial de futebol que iria vender para um cara. Achou esquisito alguém fazer esse tipo de compra àquela hora da madrugada.

– ...

– Os depoimentos e fatos que fui avaliando me levavam a uma única pessoa, mas ainda me faltavam provas robustas para identificar o autor do crime... que agora não me faltam mais, pois as fotos do nosso *astrônomo* e o testemunho do taxista Foguinho são irrefutáveis em indicar que o assassino é o senhor Mário Roberto Alves.

De cabeça baixa, como em confissão, Beto Mancha sai da sala algemado, entre os inspetores Rossetti e Osmar.

Mais algumas palavras de alívio, e os demais circunstantes deixam a sala, na qual permanecem apenas Chopan e o delegado.

Vicente Vieira se aproxima emocionado e aperta a mão do comissário:

– Meu amigo, é muito pouco, mas só posso te dar os parabéns. Ajustaste cada detalhe desse quebra-cabeça com uma competência extraordinária.

Chopan infla o peito, cheio da fumaça do *Monte Cristo*, e a deixa sair num sopro lento, interminável. Depois diz, com os olhos brilhantes:

– Mas ainda falta um ponto importante: a razão pela qual Beto Mancha matou Capacete, lhe cortou a cabeça e arriscou-se tanto para deixá-la enfiada na passarela.

– ...

– Ainda não posso, meu prezado, mas logo colocarei essa última peça no seu quebra-cabeça, eu lhe asseguro.

EPÍLOGO

I

Marilyn, alguns meses depois, deixou a vida de prostíbulo. Por intermédio de Nara e seus contatos em Porto Alegre, foi trabalhar numa escola onde começou a ensinar dança gauchesca e popular. A professora Dorinha era muito requisitada. Às segundas-feiras à noite, tornava-se aluna de aulas de balé. Enfim, o sonho infantil sendo realizado.

Nara Mattos de Oliveira, passados alguns meses, lançou, em uma concorrida sessão de autógrafos na Academia Canoense de Letras, o seu romance *Vidas por um triz*, que, apesar de tratar do cotidiano das pessoas marginalizadas, deu ênfase ao racismo estrutural entranhado na sociedade brasileira.

Ela e Nara, com muita discrição, viveram juntas por toda a vida. Enfrentaram muitos desafios com as discriminações, mas foram felizes.

II

Samantha e Marilyn, na semana seguinte ao encontro na delegacia, tiveram uma conversa franca e emotiva. As duas choraram abraçadas quando confessaram que a amizade falou mais alto e não conseguiram revelar ao comissário o que sabiam uma da outra.

A travesti retomou seu trabalho voluntário junto às meninas da periferia e conseguiu que a Secretaria Municipal de Assistência Social incluísse em seus programas um projeto de entrega gratuita de preservativos e anticoncepcionais aos adolescentes pobres da cidade. Após alguma relutância de alguns vereadores, Samantha foi homenageada pela Câmara Municipal.

III

Os encontros fortuitos entre Teresa Cristina e Leon, embora mais raros, continuaram por algum tempo, sempre regados com sexo ardente e literatura eclética.

Mais tarde, Leon iniciou um namoro com Sílvia Pereira, companheira do Partido, por quem se apaixonou. Nunca mais procurou Teresa, mas a viu acompanhada algumas vezes no Café Imperial; nunca com Arnaldo.

Após o matrimônio, Leon e Sílvia foram morar em Novo Hamburgo. Ela tinha sido convocada pela organização partidária a trabalhar no setor coureiro-calçadista e tornou-se uma importante líder sindical na região. Leon, com a ajuda de seu ex-chefe e amigo JB, fundou seu próprio jornal, alternativo para o meio operário.

IV

Frederico Chopan continuou o seu dia a dia apurando e desvendando crimes complexos que chegavam a sua mesa; mas a motivação do crime da passarela não deixava de rondar seus pensamentos.

Uma ocasião, passando pela borracharia dos pais de Beto Mancha, resolveu entrar e conversar com eles. Enquanto o homem arrumava um grande pneu de caminhão, a senhora varria o ambiente e organizava as ferramentas. Não precisou de muito tempo para descobrir os fatos que resultaram na morte de Capacete.

Sob os olhares atentos do delegado Vicente Vieira e do inspetor Jorge Rossetti, o comissário Frederico Chopan contou sobre a longa conversa com a mãe de Beto Mancha, e que, apesar de ela tentar ocultar confidências do filho, soubera como obter a verdade através de indagações indiretas. Dessa forma, incluiu a última peça naquele quebra-cabeça.

Beto Mancha e Capacete tiveram uma discussão violenta dias antes do assassinato, pois seu filho opunha-se ao relacionamento do falecido com a prostituta Marilyn. Ele tinha dó da esposa Lúcia e da filha pequena. Brigaram com agressões verbais e físicas, ocasião em que Capacete disse que, por trás das críticas, o seu filho queria mesmo era ficar com a mulher do Pinheirinho só para ele, mas que não tinha competência para satisfazer uma prostituta como aquela.

E era verdade. Beto mantinha uma paixão platônica por Marilyn. Certo dia, esteve no bordel, dormiram juntos e ficaram até de manhã no quarto. Ela contou as violências cometidas por Capacete e confessou que não sentia nada por ele, que jamais se casaria com aquele crápula, apesar de ele sempre afirmar que iria largar a esposa para tirá-la daquela vida.

Naquele domingo à noite, confessou a mãe de Beto Mancha, ele a beijou na testa e disse-lhe que salvaria duas mulheres que estavam sofrendo.

V

A cidade, logo após o desfecho do bárbaro crime, voltou aos poucos à normalidade, ainda que os motivos não estivessem bem esclarecidos; mas isso pouco importava à população. Para o senso comum, foi uma briga entre delinquentes, um *acerto de contas*, e isso não afetava o cotidiano das pessoas.

A Prefeitura, entretanto, teve que organizar uma campanha para o uso da passarela, pois o povo, com suas crendices e superstições, recusava-se a transpô-la. Era voz corrente: estava amaldiçoada. Por muito tempo a cidade conviveu com o espectro da cabeça na passarela, principalmente à noite, quando só os ébrios se arriscavam a atravessá-la.

Alguns anos depois, a antiga passagem de pedestres, já com as tábuas de madeiras comprometidas e os ferros oxidados, foi substituída por uma imponente passarela de concreto.

Parece que até nome lhe deram; mas, no imaginário popular, continua sendo *a passarela da cabeça*.